as formigas
da estação de Berna

BERNARD COMMENT

e outras ficções suíças

Tradução
Luciano Loprete

Copyright © Christian Bourgois éditeur, 1998
Título original: *Même les oiseaux*
© Editora Estação Liberdade, 2002, para esta tradução

Revisão de texto Luciana Veit, Pedro Barros e Flávia Moino
Capa Nuno Bittencourt / Letra & Imagem
Editor Angel Bojadsen

A coleção Latitude é dirigida por Angel Bojadsen e Ronan Prigent

Dados Internacionais de Catalogação na Publicação (CIP)
(Câmara Brasileira do Livro, SP, Brasil)

Comment, Bernard
As formigas da estação de Berna e outras ficções suíças / Bernard Comment ; tradução Luciano Loprete. — São Paulo : Estação Liberdade, 2002. — (Latitude)

Título original: Même les oiseaux
ISBN 85-7448-068-1

1. Contos franceses – Escritores suíços 2. Literatura francesa – Escritores suíços I. Título. II. Série.

02-6113   CDD-843

Índice para catálogo sistemático:

1. Contos : Literatura suíça em francês   843

ESTA OBRA CONTOU COM O APOIO DA
PRO HELVETIA, FUNDAÇÃO SUÍÇA PARA A CULTURA

Todos os direitos reservados à
Editora Estação Liberdade Ltda.
Rua Dona Elisa, 116 – 01155-030 – São Paulo - SP
Tel.: (11) 3661 2881   Fax: (11) 3825 4239
e-mail: editora@estacaoliberdade.com.br
http://www.estacaoliberdade.com.br

Sumário

As formigas da estação de Berna   9
O arquivista   45
Caixa d'água   73
Migrações   97

NOTA DO EDITOR

Estes textos foram selecionados de uma coletânea de narrativa curta de Bernard Comment editada por Christian Bourgois éditeur, Paris, sob o título *Même les oiseaux*, em 1998. A atual edição foi submetida ao autor.

As formigas da estação de Berna

> *Se o mundo existe, é somente porque é muito tarde para calcular.*
>
> Witold Gombrowicz

Ela subia penosamente a rampa que vinha da passagem subterrânea, puxando atrás de si duas pesadas malas com rodinhas. O expresso "Pablo Casals" já se encontrava parado junto à plataforma, mas sua partida só estava programada para vinte e cinco minutos mais tarde, às 20h48, e a maioria dos passageiros ainda não havia chegado. E novamente a semelhança de Beatriz com Nathalie me impressionou ao olhá-la pela primeira vez sob a luz do anoitecer, mais nítida, com o sol bem baixo ressaltando o tom cobre de seus cabelos castanho-claros. Corri para ajudá-la, embora mal nos conhecêssemos, com um reflexo de galanteio que me restou dos bons tempos, e a indigência não exclui a gentileza. De início ela não me reconheceu, por causa dos óculos de lentes fumê que ela usa em todas as circunstâncias, mesmo agora que o sol desapareceu e a claridade ainda não foi compensada pela iluminação artificial, provavelmente por querer esconder o vermelho dos olhos provocado pelas lentes de contato, necessárias para sua miopia acompanhada de astigmatismo, como ela acabou por me confessar após alguns dias de troca de amenidades em volta da copiadora da Biblioteca Nacional. Aproveitei-me de um momento de hesitação para medi-la rapidamente, vestida com uma malha de algodão amarelo-cádmio e uma saia de linho vermelho indiano que ia até os tornozelos, só se viam seus pés, bastante longos, calçados com sandalinhas de couro; tinha uma echarpe enrolada no pescoço, uma linda echarpe também de linho, vermelho-papoula, provavelmente por medo das correntes de ar.

Quando enfim me identificou, empurrando os óculos para a ponta do nariz e franzindo os olhos, Beatriz exclamou ¡hola! ¡hola! com muita alegria na voz e riso no rosto, feliz em ver-me. Então o senhor também vai para Barcelona? Que ótimo! ¡Esplendido! Repetiu ela, balançando a cabeça, vibrando com as mãos, ¡esplendido! ¡esplendido!

— Não, a senhora não entendeu, não vou a lugar algum.
— O senhor veio acompanhar alguém?
— Também não.
— Então o que veio fazer aqui?
— Nada de especial. Estou observando.
— Ah é?
— Mas vou ajudá-la a carregar as malas. Qual é o seu vagão?
— O doze.
— Leito?
— Não, cama mesmo! Quer dizer, um compartimento com beliche. É meio apertado, mas é melhor que seis pessoas amontoadas. E se evita a mistura de cheiros.
— Mistura de cheiros?
— Quando cheira a peido, gosto de saber se vem de mim ou de outro. E dá até para achar graça. Enquanto que

a seis, todos se olham com cara de cachorrinho de louça e todo mundo cai na maior hipocrisia.

Enquanto ela dava sua passagem e seu passaporte ao cobrador do vagão e preenchia o formulário da alfândega, eu fui à sua cabine de primeira classe forrada de feltro levando as duas malas, muito mais pesadas do que eu tinha imaginado, e não sabia bem onde enfiá-las, era impossível colocar as duas no lugar destinado a elas, ao lado do leito superior, e, de qualquer forma, ainda que eu conseguisse erguê-las até ali, a minha pequena *señorita* seria incapaz de retirá-las quando chegasse a Barcelona. Decidi assim mesmo erguer a mais leve, com a intenção de liberar um pouco de espaço, quando Beatriz chegou, falando alto:

— Não, essa aí não, ainda vou precisar dela. Tenho que pegar algumas coisas para usar à noite. Por favor, pegue-a de novo. As mulheres são sempre essa pentelhação, não?

Ela deu uma gargalhada e depois cochichou em meu ouvido:

— E se você ficasse no trem?

— Como assim?

— É, e se você viesse para Barcelona comigo?

— Não tenho passagem.

— Como clandestino, idiota! Você se esconde em algum lugar, e eu vou buscar você depois que o trem tiver partido.

— E a pessoa que reservou o outro lugar?

— O cobrador acaba de me dizer que vou viajar sozinha nesta cabine.

— Mas eu não trouxe nada comigo, não posso partir assim.

— Por isso mesmo, você improvisa! É mais divertido que preparar tudo antes.

Nesse instante ela me lançou um olhar lindo, cheio de ternura e malícia ao mesmo tempo. Eu não sabia o que pensar de seus gestos, de suas intenções, de seu modo de passar a me tratar com intimidade sem preocupação, quando eu poderia ser seu pai, e, de repente, tudo se tornou inacreditável dentro daquela cabine entulhada de malas e sufocante porque o ar-condicionado ainda estava desligado. Ela desenrolou sua echarpe e tirou sua malha, com um gesto seco, por cima, levantando bem os braços, encontrei-me com o nariz quase sob suas axilas peludas, um odor acre de transpiração misturado a um perfume almiscarado, e o pêlo louro e macio como seus cabelos, em seguida dobrou cuidadosamente a malha e a colocou na mala deixada entreaberta na cama inferior, depois se reergueu, dirigindo seu olhar para a janela, e passou agilmente suas mãos pelas costas para soltar o sutiã, um *wonderbra* que fazia saltitar seus seios agora libertos, de tamanho médio, em forma de pêras, duas pequenas pêras deliciosas de se chupar, com auréolas mal distinguidas sobre a pele escura e os bicos retraídos, nenhum sinal de excitação, nem de incômodo, será que ela percebia a ambigüidade da situação? O sutiã juntou-se à malha dentro da mala, para passar a noite ela colocou uma camiseta com dois falsos seios rosados e excêntricos desenhados na frente. Nossos olhares então se cruzaram, eu sorri para ela balançando a cabeça, ela também sorriu e olhou para o teto, como para me dizer, "pois é! isso mesmo", ou "tarde demais", ou nada, simplesmente nada, depois me fez um sinal para que eu fosse para o banheiro do vagão me esconder, ela viria me buscar quando o trem tivesse atingido sua velocidade de cruzeiro. O cobrador, entretanto, deve ter desconfiado da minha aparência desleixada, deve ter desconfiado de alguma coisa e veio verificar se tudo estava bem, se eu não estava importunando a jovem, elevando já de pronto o tom de voz pediu que eu descesse do trem, pois eu não tinha passagem.

— Mas eu não tenho nenhuma intenção de ficar no trem, nem de viajar.

— Estou vendo.

— Como assim, está vendo?

Ele esboçava um sorrisinho cínico. Beatriz, muito calma num primeiro momento, se propôs a pagar a passagem, nem hesitou quando ele disse que deveria pagar uma taxa suplementar, mas quando ela mostrou o cartão de crédito, o sujeito apressou-se em recusar, não, nada de cartão de crédito, e que eu devia voltar para a plataforma, porque o trem já ia partir, vamos, fora, circulando, as viagens não são feitas para indigentes. Foi então que ela literalmente explodiu de raiva, chamando-o de babaca, de dedo-duro, chupe o pinto seu punheteiro, seria melhor você esporrar de vez em quando em vez de vir despejar esse seu veneno frustrado; e, aliás, sendo assim, ela também desceria.

Eu queria lhe explicar que não valia a pena, que ela ia perder o trem só por teimosia e ia acabar se arrependendo, mas ela já tinha tirado a camiseta e estava de novo nua, seus belos seios exibidos com desprezo, a cabeça erguida, depois ela prendeu seu sutiã, colocou os seios na posição certa dentro dos bojos, vestiu sua malha sob o olhar abobalhado do cobrador, e eu estava de novo carregando as malas pelo corredor do vagão, quase caindo por duas vezes ao descer os degraus, desequilibrado pelo peso da mala mais pesada que levava à frente. Atrás de mim, Beatriz não parava de ameaçar o funcionário engomadinho, metade em espanhol metade em francês, que tentava desesperadamente dizer alguma coisa para se desculpar. "O senhor vai ter notícias *nossas*", e ela insistia nesse "nossas", que eu não sabia muito bem se se referia a mim ou a alguma outra pessoa influente, seu pai, algum conhecido em Berna, alguém que faria o fedelho engolir aquela sua arrogância ranheta. As portas dos vagões se fecharam, ainda pude ver uma última vez a cara assustada do coitado do rapaz pelo vidro, o trem partia, as pessoas já se dispersavam, logo ficamos sós, na lenta curva que a estação faz sob seu teto rebaixado de concreto.

— Olhe aquele sujeito correndo.
— Onde?
— Ali, de camisa branca com uma sacola preta. Opa! *in extremis*. Ele teve sorte.
— Esse que acabou de pular para dentro do vagão?
— É. Mais dois segundos e estava frito.

O trem passa diante dos nossos olhos, todas as janelas abertas, as cortinas balançam, de repente somos envolvidos por um cheiro azedo de ferro e poeira. E dizer que eu arrastei as malas de Beatriz até aqui, descendo uma escadaria para tornar a subi-la cinqüenta metros à frente, sem fôlego, ensopado, minha única camisa agora toda molhada de suor, tudo isso para que ela assistisse à saída do expresso "Roma" das 21h22, e ela mal chegou a dar uma olhada no embarque dos passageiros, muito poucos esta noite, é verdade, também na plataforma não tinha quase ninguém, provavelmente por causa desse calor sufocante, saíram todos da cidade, não havia o habitual ambiente festivo e triste ao mesmo tempo de quando as famílias de trabalhadores estrangeiros saem de férias, ou voltam para casa, separando-se dos que ficam, parentes, amigos, vizinhos, falando a toda velocidade, as últimas recomendações, risadas sonoras, gestos enfáticos, comentários, por vezes lágrimas.

— É divertido ver essas pessoas atrasadas que chegam no último minuto para tomar o trem, e que às vezes nem conseguem.

— Não deve ser tão divertido para elas...

— Talvez. Mas é um espetáculo incrível, esse de observar o passageiro que acabou de perder o trem. De repente, ele não tem nada a que se agarrar, a ordem do dia se desfaz, a seqüência das horas patina, não há mais obrigações imediatas, nem hora marcada, e a cara dele expressa tudo isso ao mesmo tempo. Ficam alguns instantes flutuando, depois as preocupações voltam, primeiras providências, é preciso avisar esse ou aquele, verificar os horários, pensar numa solução opcional ou adiável, descobrir onde passar a noite se não houver mais trens. A sombra dos deveres logo recai sobre aquelas almas livres, porque se elas ficassem por muito tempo naquele estado de deslumbramento, de suspensão fora do tempo e dos objetivos a serem atingidos, talvez elas gostassem e nunca mais saíssem daqueles trilhos.

*

Tudo está de novo perfeitamente calmo. O trem partiu para o sul, Milão, Florença, Roma, os acompanhantes voltaram para a cidade ou suas cercanias, cada um para o seu lado. Beatriz se orgulha de ter viajado muito, já esteve muitas vezes na Itália, e conhece muitas outras cidades que enumera com uma certa complacência: Amsterdã, Londres, Berlim, Praga, ou ainda Moscou e Constantinopla e Nova Iorque. Mas será que ela viu ou percebeu algo do cerne desses lugares, será que reteve algo, por menor que fosse, de particular daquelas cidades? Ela faz parte de uma geração empanturrada para a qual o planeta é algo banal, uma rede expedidora de lojas, de museus no melhor dos casos, e de bares, de danceterias, exatamente como para meus alunos em excursões de estudo, ou como Aline e Nathalie que, desde os quinze anos, foram enviadas pela mãe para tudo quanto é canto, com o dinheiro do avô, num frenesi de viagens que acabou por me desanimar, isso e o resto. A pequena *señorita* me diz também ter visitado vários portos, Nápoles, La Coruña, Bordeaux e o que lhe resta de atividade fluvial, Brest, Toulon, Antuérpia, Gênova, Roterdã, Hamburgo, assim como Paris, ela coloca Paris na lista de portos, visão estranha. A menos que seja uma referência a Blaise Cendrars. *Bourlinguer*! Indiquei tantas vezes a leitura desse livro no último ano do colegial... Foi para prosseguir em suas pesquisas que ela veio passar um ano em Berna, o professor de literatura de quem ela é assistente em Madri era o maior especialista de Cendrars na Espanha, e dera-lhe um tema de tese sob medida e até arrumou um jeito de lhe conseguir uma bolsa de intercâmbio.

— Desde que cheguei, não passa uma semana sem que ele me envie uma carta com novas referências, manuscritos e apostilas para fotocopiar, ou copiar à mão em alguns casos, quando o original é frágil demais.

— A senhora pretende voltar?
— A Berna?
— Sim, quer dizer... à Biblioteca Nacional.
— Por enquanto, eu terminei. Já o verão, vou passar em casa.
— Em Barcelona?
— Não, um pouco mais ao sul, à beira da praia, numa casa que meu pai aluga todo ano. Depois verei. Se eu tiver que voltar, vai ser por um ou dois dias, para completar alguma coisa, detalhes, pouca coisa, mas em princípio eu li o que devia, e copiei tudo.
— É isso que pesa tanto?
— A mala grande, a azul, está repleta de fotocópias.

Ela dá uma gargalhada, sacudindo a cabeça, depois vira-se para mim e me crava seus dois olhos espantados.

— E então, você assiste a todas as partidas de trem?
— No começo, eu esperava o cair da noite para vir até as plataformas. É o momento do dia em que a solidão pesa mais, então resolvia sair do meu buraco para ver gente e assistir a um outro vaivém que não o das formigas nas galerias subterrâneas...

— Formigas?

— É, os funcionários, os empregados. A senhora precisa vê-los, mal-humorados de manhã, irritados à noite, sempre regulares como metrônomos, e se contentam com isso, vivem seguros, agarrados às suas certezas. Já aqui na plataforma, respiram-se horizontes mais distantes. Sempre gostei disso, ler os sonhos e os medos no rosto das pessoas. Ir a Munique, Colônia ou Bruxelas não é o mesmo que ir a Pescara ou a Roma. Então comecei a vir também de dia, pouco a pouco me interessei por todas as partidas de trens internacionais...

— Mas você mora mesmo aqui?

— Claro!

— Há muito tempo?

— Bem... quase um ano e meio.

— Mas então, vou dormir onde? Não tenho onde ficar aqui. E não há outro trem para Barcelona antes de amanhã à noite...

*

Beatriz me conta seu último dia em Berna, tudo que ela teve de fazer, os procedimentos administrativos, o fechamento da conta bancária, as despedidas do professor que a recebeu e tanto ajudou durante sua estada, e sua amiga argentina que iria voltar para o pequeno quarto mobiliado, ela teve de fazer um inventário do lugar para o proprietário, que acabou criando caso por causa de uma tomada elétrica despregada da parede, o cara trabalha para o fisco...

— Uma formiga.
— Exatamente, uma formiga!

Então, ela teve que ir retirar alguns certificados na faculdade, em seguida foi comprar coisas típicas da Suíça para seu pai e sua irmã menor, nada de chocolate, pois com esse tempo poderia derreter, mesmo assim levou duas caixas de Frigor, bem embaladas em alumínio, papelão, celofane, isso protege bem, em último caso poderiam servir como chocolate quente, depois ela começou a detalhar as coisas que havia deixado para sua amiga, pois não tinha mais lugar nas malas, e para a zeladora, sempre muito gentil, uma espanhola também, mas da Andaluzia, eu já não a escutava mais, e um dos ouvidos se distraiu por alguns minutos, as crianças sempre têm uma incrível capacidade de falar de tudo e de nada, a passar de alhos para bugalhos como se diz, talvez porque têm medo de alguma coisa, preenchem um vazio que as assusta, as meninas eram assim, no carro principalmente, a mãe ficava louca, não suportava a tagarelice, não suportava nada. Mas Beatriz não é mais criança. É uma mulher desejável.

Calou-se, agora. E o silêncio a deixa embaraçada. Parece procurar um assunto, para continuar a conversa, ou encontrar uma saída. Eu gostaria tanto que ela me olhasse ao menos por alguns instantes com os mesmos olhos que ela deve olhar seu professor, ou seus amigos, ou mesmo seu pai, sim, gostaria que ela pudesse me olhar com admiração.

— Você nunca teve vontade de subir num desses trens que vê partir?

— Não. Estou bem aqui nesta estação, tenho meus hábitos.

— Você fazia o que, antes de ser...
— De ser o quê?
— Quero dizer... você não parece realmente um...
— Um mendigo?
— É, é isso...
— É rápido, sabe. Larga-se um pouco as amarras, só um pouquinho, e uma vez que se é pego pela corrente, a corda se desenrola cada vez mais depressa, a ponto de arrancar a pele das mãos quando queremos nos agarrar a ela. Melhor se deixar levar, afundar tranqüilamente, até o momento em que se toca o fundo, e então a corrente se acalma. Encontram-se outras referências. Nada tem a ver com o mundo de antes, mas a gente se acostuma.
— E você vive de quê?
— Um pouco de comida encontrada aqui e ali. E de esmolas. Das moedinhas que acabam fazendo peso no fundo do bolso e que, mesmo assim, como poder de compra não representam grande coisa.
— Mas você pode passar num banco e trocar as moedas por notas.
— Esse não é o tipo de serviço que prestam facilmente a pessoas como eu.
— E você nunca recebe notas?
— Olha!... De vez em quando uma nota de dez francos. Nunca mais que isso. Ainda estou muito limpo para atrair impulsos de piedade. Quanto mais se mantêm as boas aparências menos se inspira confiança, as pessoas preferem a miséria visível, os sinais de sofrimento. Exceto uma vez. Mas não me deixei cair na armadilha.
— Como assim?

— A senhora não vai acreditar...
— Vou sim!
— Não, é muito difícil de se acreditar.
— Por favor...
— Bom, se a senhora faz questão. É que eu me lembro com uma precisão raríssima daquele dia. Faz mais ou menos quatro meses. A brisa bruscamente tinha parado de soprar, sentia-se a primavera iminente, ainda que se tivesse de atravessar alguns longos dias de chuva e céu cinzento, mas enfim, sempre se espera com muita paciência, e se entrevêem dias bonitos, uma vida mais arejada, quando se passa um longo inverno num subterrâneo, suportando o frio noturno, sempre em busca de uma caixa de papelão para usar como cobertor, e de uma bebida quente, e então o tempo tinha se tornado realmente mais ameno. Eu estava agachado, meio afastado, olhando as pessoas passarem, não muitas naquela hora da tarde, tinha tempo de observá-las e detalhar seus movimentos, a maneira como se vestiam, a expressão de seus rostos. Quando o sujeito apareceu, logo me surpreendi com seu traje elegante. Elegante demais, talvez, para uma estação de trem. Contrastava em relação ao fluxo habitual de horríveis roupas desbotadas e curtas. Ele usava um terno escuro, de corte impecável, gravata e lenço em tons de azul, nada daquela falsa elegância crispada dos banqueiros, não, algo mais elaborado e mais discreto ao mesmo tempo, seus movimentos também, deslizava desenvolto, parecia não despender esforço algum, dorso reto, olhar fixo para a frente. Primeiro pensei que ele não tivesse me visto, isso acontece muito, ou que fingisse não me ver, quando passou dois metros diante de mim, indiferente e altivo. Continuou na

mesma passada calma e segura. Depois parou, dirigiu-me um breve olhar, veio até mim, pegou sua carteira, tirou dela duas notas que me estendeu sem nem mesmo um sorriso, sem expressão em seu rosto, nada, a não ser um "boa sorte" apagado, quase inaudível, e foi embora como se nada tivesse feito. Duas notas de mil francos suíços!

— Dois mil francos suíços?
— Nem mais nem menos.
— Mas existem notas de mil francos suíços?
— Claro.
— Nunca vi.
— Não é uma nota que se vê no dia-a-dia.
— E ele foi embora sem dizer mais nada?
— Exatamente.
— O que você disse a ele?
— Nada. Que queria a senhora que eu dissesse?
— "Obrigado".
— O espanto foi tão grande que eu fiquei lá boquiaberto. E quando as palavras me voltaram ele já estava muito longe, fora de alcance, fora da minha vista, tendo entrado à direita para o Bollwerk. Talvez fosse para o hotel Schweizerhof, era típico da sua classe, mas pensando melhor, comecei a me perguntar se ele não tinha uma leve sombra de desespero no olhar, ou algo de vazio, de ausente. Como alguém que vai desaparecer...

*

O resto da história, Beatriz seria incapaz de entender. Aliás, o que ela está pensando? Não vou desvelar assim toda a minha vida para ela, só porque me mostrou seus peitinhos. Já eram quase seis horas, e eu tinha que passar a noite em poder daquelas duas notas gordas, podia ser perigoso com toda aquela fauna que desfila pelos corredores subterrâneos, principalmente no grande saguão, os drogados, os mais perigosos, os mais imprevisíveis e sem escrúpulos. Ninguém assistira à cena, mas eu apresentava um brilho mais forte no olhar e uma expressão mais alegre por causa da euforia. Limitei-me então ao meu canto, sem sequer pensar em comer, esperando que a noite caísse, e na manhã seguinte fazia frio novamente, uma garoa incessante. Mesmo assim fui até a cidade ao amanhecer, por volta das sete horas. Havia muita gente nas ruas, levantam cedo neste país, as formigas indo para seus escritórios. Os bancos, esses só abrem às oito. Enquanto esperava, e para me aquecer um pouco, caminhava a passos largos sob as arcadas das ruazinhas do centro, até que me deparei com o Palácio Federal, com sua arquitetura sóbria e maciça, o formigueiro principal. Nunca havia estado ali. O que me impressionou mais foi o esquadrinhamento da praça pelo dinheiro: à esquerda, o Banco Central da Suíça, em frente, o Berner Kantonalbank, depois, a Sociedade de Banco Suíça de um lado, e do outro, o Crédit Suisse e a Spar und Leihkasse in Bern, uma caixa de poupança e previdência. Minhas duas notas de mil francos me pareceram de repente insignificantes comparadas ao fluxo das transações diárias em milhões ou milhares de dólares orquestradas atrás daquelas fachadas austeras. A garoa virou chuva, o cheiro da lã molhada lembrou-me repentinamente minha infância, toda aquela vontade de ter um lugar onde entrar e me sentir protegido.

Eu queria simplesmente trocar minhas duas notas gordas por cédulas menores de cem e cinqüenta francos. Claro, elas iriam virar um maço difícil de dissimular nas minhas cuecas, mas ao menos eu poderia ir gastando sem dificuldades. Uma nota de cem francos suíços não provoca nenhuma desconfiança, mesmo por parte de um sujeito como eu. Tinha a impressão de que seria menos notado num banco moderno, novo, com letreiros de plástico. Ora, o caixa do Volksbank não quis nem me deixar falar. O nome no entanto inspirava confiança, imaginava que aquele Banco Popular fosse mais próximo dos pequenos e das pessoas à deriva. Ele examinou rapidamente as notas e as devolveu com desdém, dizendo que não fazia parte de suas atribuições trocar dinheiro. É pelos cabelos ensebados que eles nos reconhecem na hora, forçosamente não se pode lavá-los todos os dias, e a pele brilhante, outro sinal, e a camisa puída, e um ligeiro inchaço em todo o corpo. Quando insisti, respondeu-me que se tratava de um banco privado, livre para escolher seus clientes, e nada lhe garantia também que eu não tivesse roubado as notas, pois eu não tinha nem um pouco a aparência de alguém que passeia por aí com dois mil francos no bolso, na seqüencia pediu-me que deixasse aquele local, senão ele se veria na obrigação de chamar a segurança o que seria desagradável para todo mundo e nem adiantava levantar a voz, é preciso saber manter a calma, cavalheiro, quando se entra num banco, é um lugar de tranqüilidade, de cerimônia, ele continuava imperturbável falando um francês excelente com sua boquinha arrogante. O pessoal da União de Banco Suíça não foi mais amável nem menos inflexível. Dois anos atrás, eu não teria tido nenhum problema para trocar as notas, teriam-me perguntado gentilmente como eu gostaria de trocá-las, claro senhor, a seu dispor senhor, mas agora eu tinha algo que não funcionava na voz, alguma coisa de resignado ou apreensivo em minha atitude. Os bancários percebem o temor num olhar, logo captam o inadaptado social que cai em suas mãos e se vingam então das humilhações engolidas, das ambições enterradas, descontam em cima da gente sua condição de subpalhaços submissos às ordens de chefes e subchefes. Lá também tive de ouvir toda a série de vexações, a versão excessivamente educada, a versão gargalhada, e também a versão hipocritamente desolada, "infelizmente as ordens são rígidas, nada de operações não contábeis no caixa, porque senão, o senhor entende, correríamos o risco de passar o dia aqui apenas trocando dinheiro, e não é isso que faz o negócio ir em frente", com um sorrisinho de brinde. No Berner Kantonalbank eles poderiam trocar o dinheiro para mim, na condição de eu abrir uma conta, mas para isso era necessário que eu tivesse um domicílio, um endereço, e evidentemente eu não poderia colocar no formulário que minha residência era o subsolo da estação ferroviária de Berna. Como último recurso, decidi tentar a sorte no correio, na agência aqui ao lado. Era quase meio-dia quando cheguei, tive que esperar muito tempo, mais de meia hora. A garota logo se mostrou assustada, o chefe da agência tinha saído para almoçar, só voltaria à uma e meia, e ela não podia assumir a responsabilidade de trocar duas notas de mil francos. Eu lhe disse que se trocasse uma só já estaria de bom tamanho. Ela era apenas uma iniciante, eu devia saber que havia muitas notas falsas em circulação, e ela não sabia como detectá-las, sua colega de guichê também não, mas às duas horas, se eu voltasse às duas horas, o chefe estaria lá, coitadinha, estava com o rosto todo vermelho, um pouco por natureza, uma boa natureza sadia de camponesa, e um pouco pela emoção, acho que não a teria assustado mais se sacasse um revólver para assaltar o caixa. Ainda assim, quando voltei, o chefe da agência se recusou a trocar minhas notas. Inspecionou-as longamente e disse serem verdadeiras sem dúvida alguma, mas é estranho que um tipo como o senhor ande por aí com duas notas de mil francos. Desisti de lhe explicar minha aventura, seria inacreditável demais para sua cabecinha de formiga-chefe. Ele ainda disse que, normalmente, deveria chamar a polícia, para investigação, ainda mais porque eu tentara vir durante sua ausência para me aproveitar da ingenuidade de uma pobre estagiária, já começavam alguns resmungos atrás de mim, as pessoas se impacientavam, indignavam-se, balancei a cabeça em silêncio e fui-me embora. Passando perto da copiadora instalada no saguão de entrada observei que tinha ainda crédito para uma cópia, então coloquei minhas duas notas sobre a chapa de vidro da máquina, uma de frente com o retrato de um barbudo de chapéu, e outra de verso, decorada com formigas. Nunca havia observado aquilo, aquele papel de mil francos e aquelas formigas me fizeram sorrir, lembrei logo do exército de funcionários, pensei comigo que os responsáveis pelo Banco Central devem ter pensado isso também e devem ter pretendido prestar uma homenagem àquela população submissa, laboriosa, para ilustrar a nota de maior valor do país e provavelmente do mundo. Que piada. Tentei bancar o freguês em mais duas ou três lojas, uma delas um hipermercado enorme, mas a cada vez que eu tirava do bolso uma das notas todo mundo ficava espantado, impossível trocá-las, e a vendedora pegava a mercadoria para recolocá-la nas prateleiras. Quanto aos guichês da estação, inútil dizer que me haviam submetido a uma recusa seca e definitiva, lá também havia ordens expressas, em razão dos falsificadores que escolhiam as estações como principal ponto de escoamento de suas contrafações. Finalmente, retornei ao subsolo, em direção aos trens regionais, já era quase noite, a luz suja e pálida dos neons iluminava um pouco os corredores, e eu escolhi uma lixeira ao acaso.

*

— ¡Hola, amigo! Está sonhando ou o quê? Eu perguntei o que você fez com as notas.
— Joguei fora.
— Está brincando?
— Nem um pouco.
— Mas você é completamente louco! Dois mil francos suíços, é um pacotão de dinheiro.
— É de dar inveja, não é? Oito mil francos franceses! Mais de dois milhões de liras italianas! Tudo isso por dois simples pedaços de papel violáceo ilustrado com formigas. E em pesetas, quanto dá em pesetas?
— Ah... duzentas mil!
— É, cem mil pesetas por nota.
— E você as jogou fora, assim?
— Para evitar preocupações.

— Como assim, para evitar preocupações?

— Quando se possui alguma coisa, começa-se de novo a ter medo.

— Você sabe que é expressamente proibido fazer desaparecer notas de dinheiro? Em qualquer país do mundo! Você poderia ter tido problemas, ir preso.

— E o que mais?

— É verdade!

— A senhora é uma piada. De qualquer forma, acredite, eu as joguei fora discretamente. Fingi que estava procurando qualquer coisa para comer ou recuperar na lixeira e enfiei minhas duas notas bem enroladas dentro de uma latinha de suco de maçã. Depois escavei mais um pouco, para disfarçar, e então fui até a sala de espera, onde me instalei tranqüilamente com a fotocópia das notas dobrada em quatro no meu bolso.

— Que fotocópia?

— Antes de jogar as notas eu tinha ido até uma agência do correio onde tinha uma copiadora e fiz uma cópia delas para guardar de lembrança. Aliás, ainda tenho essa cópia lá nas minhas coisas.

— Mas e quanto aos originais, eles... eles desapareceram?

— No dia seguinte, a lixeira já havia sido esvaziada, e eu fiquei bem sossegado sabendo que ninguém olhou dentro da latinha vazia. Ainda que, pensando bem, depois cheguei a me perguntar se seria realmente impossível que alguém tivesse recuperado aquelas duas notas de mil francos. Parece que o lixo passa por uma triagem nas usinas de tratamento, eles separam tudo por categorias, vidro, alumínio, papel, talvez algum dos trabalhadores as tenha achado, eventualmente rasgadas, mas sempre é possível colar, contanto que os números de série estejam intactos, o que ainda não resolve nada, na verdade, porque o sujeito que trabalha na usina de triagem deve ser um pobre coitado, provavelmente um estrangeiro, ninguém vai querer suas notas, e ele não poderá fazer nada com elas, todos se recusarão a trocar o dinheiro, vão desconfiar.

— Agora você já está exagerando. Dinheiro é dinheiro, ninguém vai pensar tanto nisso.

— Se a senhora diz isso...

— E pare de falar como se não me conhecesse, é ridículo. Já está me irritando. Quem você acha que é?

— Meus alunos também reagiam como a senhora. Procuravam me tratar com intimidade, mas eu resistia até o fim, e eles voltavam a se distanciar.

— Você era professor?

— Ah! isso pertence ao passado... Mesmo assim, no dia seguinte, quando acordei não me senti nem um pouco arrependido. E à tarde, fui me instalar tranqüilamente nos jardins do Bürgerspital. Um lugar lindo, o Bürgerspital. Foi para esse hospital que me dirigi, meio por acaso, logo que ousei sair da estação. Sabe que no início eu tinha medo, precisei de muito tempo para me sentir seguro. No dia da minha chegada a Berna, de trem, é claro, mas sem passagem, saí para a praça pela escada rolante, tudo me pareceu massacrante, pesado demais, rico demais, com o luxuoso hotel Schweizerhof à esquerda, a União de Banco Suíça à frente um pouco mais longe, e os bondes, os ônibus, e toda aquela gente que sabia muito bem aonde ir e seguia trajetos precisos, sem a mínima hesitação, enquanto eu poderia ter ido em qualquer direção, já que ignorava para onde estaria me dirigindo. Preferi voltar para o metrô e parei no balcão de informações turísticas para pedir um mapa da cidade. O funcionário me deu um mapa com os hotéis, eu não soube distinguir se era um toque de ironia ou se era o único mapa da cidade gratuito que existia, um pouco sumário, mas bem bonito, com uma representação em falso relevo e uma longa lista de hotéis, de categoria mais para o chique. Ele está na minha mochila, se for útil para a senhora, só seria preciso ir buscá-la no terminal de trens regionais.

— E o que você quer que eu faça com o seu mapa? Já disse que estou indo embora. Para mim, Berna acabou.

— Sim, já sei. Era só para o caso de a senhora querer passar a noite num hotel.

— Mas estamos bem aqui.

*

O que eu queria lhe dizer era apenas que a praça do Bürgerspital se tornou para mim um tipo de jardim particular. Sempre que faz um dia bonito vou passar a tarde ali, lendo, sonhando, encostado na fonte. Eu estava lá no dia seguinte àqueles acontecimentos, quando de repente peguei as fotocópias. Aquilo me intrigava, as três formigas do verso e a cabeça daquele sujeito na frente, "Auguste Forel, 1848-1931", um senhor de barbas brancas bem cuidadas, com um vago jeito de artista, ou quem sabe de trambiqueiro.

— E era por causa desse sujeito que você ia tanto à biblioteca?
— E por que não?
— É, de fato, por que não?
— Além do mais, era grátis. E tinha um monte de livros ou artigos escritos por Auguste Forel ali, mais de cem. A maioria dos títulos tinha a ver com formigas, a ilustração da nota começava a fazer sentido. Mas comecei por temas mais raros, cujos títulos me intrigavam, *A hereditariedade alcoólica*, por exemplo.
— Isso lhe dizia respeito?
— Lá no subsolo o que não falta são sujeitos transtornados pelo álcool, que se tornam violentos quando não conseguem sua cota diária.
— Você não vai querer agora bancar o virtuoso, tenha dó.
— Não me amole. Que sabe a senhora do que se passa lá embaixo? É fácil bancar a durona na frente de um cobrador de trem, mas com caras como os que tem lá embaixo é preciso estar sempre alerta, não se deixar levar, e não incomodá-los nos seus afazeres. Aliás, eles desconfiam de mim. E me mantêm a distância. Só porque eu me lavo com mais freqüência, tento ficar mais apresentável. E, principalmente, eu leio. Eles não conseguem admitir que alguém possa passar tanto tempo lendo, nem que se esforce para utilizar um vocabulário trabalhado, exato, construindo frases de verdade, com concordância verbal, em todos os modos, e estou falando só de alguns deles que falam francês, porque o resto, falam uma mistura de dialetos, dizendo apenas bom dia. Forel não teria tido esses problemas de

idioma, porque escreveu a metade de seus livros ou de seus artigos em alemão, era professor na Universidade de Zurique, de psiquiatria. Fiz anotações, tenho um caderno cheio...

— Agora nosso professor começa a tomar ares de escritor!

— Não, minha jovem, simplesmente luto contra o esquecimento. E contra a ignorância. Aliás, há algumas pérolas que podem interessar a senhora. *"As lesões acidentais que atacam órgãos diferenciados não germinativos não são capazes de ser transmitidas aos descendentes"*, e logo em seguida, fornece um exemplo: *"Circuncisos há mais de três mil anos, os judeus não perderam o prepúcio por hereditariedade."* Delicioso, não?

Folheio as páginas de pontas amassadas da caderneta que sempre trago no bolso esquerdo das calças, algumas delas estão meio onduladas, por causa da transpiração. E fiquei com vontade de ler para ela a relação das taras ligadas ao alcoolismo, as quais o severo barbudão estimava que pudessem se perpetuar durante várias gerações: o tamanho anão, as anomalias sexuais, o idiotismo, a epilepsia, o raquitismo, a debilidade geral, as monstruosidades, o nervosismo, as doenças mentais.

— Ou a conclusão de uma conferência feita em Bruxelas, em 1902, com a Liga Patriótica, contra o alcoolismo: *"A abstinência total para todos é a base mais forte que podemos dar atualmente a qualquer reforma social."* O senhor Auguste Forel ainda reivindicava o socialismo, às portas de um século que iria passar por alguns massacres em nome do bem de todos. *"Possuímos um enorme excedente de indivíduos frágeis, enfermos, neurastênicos, imbecis, desequi-*

librados, criminosos, preguiçosos, mentirosos, vaidosos, manhosos, avaros, passionais, impulsivos e sem vontade. Esses seres, incapazes ou nocivos, exigem muito dos outros e produzem muito pouco trabalho útil, na maioria das vezes produzem até mesmo mais mal social que trabalho, enquanto os primeiros produzem muito mais do que utilizam. É assustador ver a quantidade de força e de vida humanas que perece nos asilos de alienados e de enfermos, nos hospitais e nas casas de reclusão. Enfim, se observarmos atentamente a sociedade, encontraremos vivendo em liberdade um número ainda bem maior de parasitas intelectuais e corporais que vivem às custas daqueles que trabalham. Ora, como a maior parte desses seres incapazes e malfazejos provém da má qualidade hereditária dos germes que os produziram, uma ética sã ou uma higiene da raça exige uma seleção sadia na procriação." O camarada Forel obrava pelo bem da humanidade, da sociedade, contra os parasitas intelectuais e corporais do meu tipo. Sumidouro programado da escória humana, do rebanho nefasto, a proteção é reservada exclusivamente aos melhores padrões, aos que trabalham e produzem, aos que não bebem e cuja semente está preservada.

— Não é possível, você está deturpando, tenho certeza de que você escolheu alguns trechos e os exagerou ou os tirou do contexto. As pessoas que figuram nas notas de dinheiro estão acima de qualquer suspeita. São personalidades exemplares.

— Juro para a senhora que não modifiquei nada, nem mesmo uma vírgula. Esse trecho data talvez de 1912, os espíritos estavam exaltados, o inglês Galton já havia aberto o caminho, mas o senhor Forel tem as idéias muito claras, ele volta a elas em suas *Memórias*, publicadas postumamente em 1935, e nelas as coisas estão cristalinas, concisas, dessa vez em nome do pacifismo. *"Começo a acreditar que, logo mais, somente uma revolução social e internacional poderá vir em nossa ajuda e passo a desejá-la de todo meu coração. Estou tão ulcerado que creio que com meu único braço válido, seria ainda capaz de me juntar ao povo..."*.

— Que história é essa de braço?

— Um ataque de apoplexia, em 1912.

— Blaise Cendrars também perdeu um braço. No front, em 1915. Uma granada. E pela França, mesmo sendo suíço. Deve ter aprendido a escrever com a mão esquerda.

— Só que, minha jovem, é o Auguste Forel quem aparece na nota mais valiosa do mundo, e não o seu querido Blaise Cendrars. Mas ouça a continuação: *"A humanidade deve aniquilar os três dragões, o capitalismo, o militarismo e o álcool, se não quiser ser exterminada por eles. Agindo assim, ela poderia, fazendo apelo à eugenia, à esterilização dos maus elementos e à criação de um exército social, bem disciplinado, de homens e de mulheres, alcançar o bem-estar e uma organização social baseada numa paz supranacional."* A eugenia! Uma seleção rígida para o aperfeiçoamento da raça, em nome do povo, claro.

— Você poderia parar por dois minutos de querer dar aula a todo mundo?

— Pergunto-me se os peritos do Banco Central tiveram a curiosidade de ler os textos do doutor Auguste Forel antes de escolhê-lo, entre muitos outros possíveis. Capitalismo, militarismo e álcool, os três dragões que arrasam a humanidade, não deve ter sido por isso. Mas a eugenia, talvez... Há muitos peritos que devem sonhar com a eugenia, no mundo inteiro, para fazer sumir os detritos sociais, a massa inerte e custosa dos inúteis, dos assistidos, dos renunciados. O bom senhor Forel, aliás, não deixava de colocar graves questões planetárias, principalmente a respeito das raças humanas: "*Quais dentre elas são úteis para o desenvolvimento da humanidade? Quais não o são? E se as raças mais inferiores não forem assimiláveis, que fazer para eliminá-las pouco a pouco?*"

— De qualquer forma, eu nem quero saber disso aí. Esses pedaços de mil francos são apenas papel, no fim das contas. E isso só interessa aos suíços.

— De jeito nenhum. Essa é uma das principais imagens que o país oferece ao resto do mundo. E, se os responsáveis do Banco Central escolheram nosso doce idealista de barba branca para sua grande máquina de imprimir notas reluzentes, foi provavelmente por causa de seus estudos sobre as formigas, sem procurar saber mais. Ou então eles foram seduzidos pelo canto da abstinência. Nem o da moderação, não, o da abstinência total! O sonho de pureza!

— E daí? Não é nenhum crime, certo?

*

Não, claro, não é nenhum crime, ela tem razão a catalãzinha, e tudo aquilo a está irritando, percebo muito bem, sua única preocupação agora é voltar para casa, ir se bronzear nas praias, e, então, no início do outono, prosseguir sua bela carreira, sem excessos, alguns pequenos deslizes, uma aventura ou outra, um susto, mas insuficientes para fazê-la sair dos trilhos. Ela é linda, atraente mesmo, sobretudo quando se entusiasma e seus olhos endurecem, mas dessa vez ela não vai livrar a cara tão fácil.

— O fato é que o velho barbudo tão satisfeito consigo mesmo acabou por ter um ataque de apoplexia. Ploft, e lá se vai todo um lado de sua máquina, de repente, perna e braço direitos não respondem mais. O professor erigido em modelo do povo trabalhador e saudável está acabado. Rebaixado à categoria dos diminuídos e dos marginalizados!

— Mas em que isso lhe diz respeito, posso saber?

— Isso não é nada bom para uma árvore genealógica, a apoplexia, principalmente quando não se bebe álcool, não tem desculpa. Prova irrefutável de debilidade, de lentidão corporal e intelectual. Bem-feito para esse trouxa. Devia-se começar por esterilizá-lo quando algum demônio de meia-idade viesse lhe dar idéias de assediar uma empregada ou uma secretária, ou uma paciente, ou uma impaciente, uma admiradora convencida que ele deveria ter, apesar de tudo, vontade de sentir um frissonzinho em sua vida tão regrada, tão calculada, ou sua mulher, sua esposa mais jovem que ele, mas nessas condições, o seu esperma está invalidado, doutor Forel, Herr Doktor Forel, velho barbudo esbranquiçado. Dê lugar a reprodutores de boa saúde. Desapareça! Para a cela, com um pequeno recipiente para suas punhetinhas, evacuação diária do líqüido socialmente inútil e anti-higiênico. A revanche das cigarras, camarada Forel, paizinho das formigas. Isso mesmo, uma grande gargalhada das cigarras, e dos ratos também, porque nós, os doentes do subsolo, somos duros na queda, não se preocupe.

— Não fale tão alto, todo mundo está olhando.

— E daí? Não devo nada a ninguém. Muito menos a esse bando de comportadinhos e engomadinhos que voltam para Thoune saindo às 23h36, eu os conheço, já bastante inquietos por retornarem tão tarde para suas camas macias. E o que os deixa irritados, veja bem, é que eu resisto há tanto tempo. Sou capaz qualquer dia desses até de me reerguer um pouco e ir buscar meus direitos de seguro-desemprego. Bastaria que qualquer um de nós, aqui, dessa corja de doentes, neurastênicos, desequilibrados ou instáveis, preguiçosos, inúteis, sim, bastaria que um só dentre nós usasse a escada rolante, com um pouco de energia recuperada, e ele poderia começar a dilapidar suas lindas economias. Ah! que pânico se fôssemos morder o queijo da previdência social, em vez de ficar aqui cozinhando em banho-maria nesse mutismo perfeito. Olhem para mim, pobres imbecis, estou vivo, terrivelmente vivo, e falando, gritando, urrando mais alto do que os senhores jamais ousariam fazê-lo, porque as formigas não fazem isso, elevar a voz. Sufoca-se, abafa-se, elimina-se docemente, e isso começa por um turno de natimortos, nojentos, piolhos, é isso, peões bastante obedientes. Piolhos ou formigas, é a mesma coisa, igualzinho, igualzinho a macaquinhos, sabe, minha jovem, que logo não haverá mais asnos na Europa? Desaparecimento progressivo da raça.

— Por favor, acalme-se.

— Enquanto que as formigas, hein, essas não terão problema algum, são imortais, e disciplinadas, e submissas, nada de excessos, nunca. O bom doutor Forel, por mil francos a consulta, observou isso muito bem, chegou até mesmo a fazer estudos comparativos, de tanto que desejava que a sociedade dos homens se assemelhasse à das formigas, ah!, aí está uma sutileza, cara Beatriz, que escapa a eles, a esses pobres suíços-alemães resignados, eles não têm o imperfeito do subjuntivo. Nem os suíços-franceses, para dizer a verdade. Nem os próprios franceses, ou apenas alguns poucos. Ninguém mais tem isso. Não como na época de Forel. Ele usava montes de imperfeitos do subjuntivo em seus livros, em seus artigos e conferências, está aí para quem quiser ver, ele ia tirando tudo de seu lindo cérebro branco todo meloso de bons sentimentos. Blaise Cendrars também usava sem esforço o imperfeito do subjuntivo, e as frases exatas, e as palavras raras. É preciso ler o Cendrars, você entende? Ler e relê-lo, e depois deixá-lo em paz. Para o doutoramento você pega o profeta Forel, perito em formigas, seria melhor que ele tivesse se interessado pelas trutas, trutas *au bleu*, como o Barba Branca, assim ele teria esquentado menos a cabeça, esse tal de Auguste Forel, aliás, Eugène ou Gégène. Os culhões de Forel, por Beatriz a catalã, nada mal como tema de tese, hein?

— Pare.

— Bom, se está incomodada pode se retirar! Não fui eu quem mandou você descer do trem. Somente queria ajudá-la a carregar as malas pesadas demais para uma garota como você, que está indo reencontrar o seu papudinho e professorzinho pica grossa, você trepa com ele, não é?, conta, você dá conta dele, daquela pica de professor, só para garantir sua bolsa, e acabou por gostar da coisa, das bolsas, das bolsas bem cheias...

— O senhor é nojento mesmo.

*

— Aonde você vai? Espere! Eu estava brincando. Você não entende? Eu estava brincando. Não vá embora, eu gosto de você, você sabe. Gosto muito de você. Deixe-me ao menos ajudá-la. Nathalie! Minha Nathaliezinha! Vamos, não fuja. Há tantas coisas que eu poderia mostrar para você em Berna. Talvez não seja como Barcelona, Roma ou Lisboa, mas é uma bela cidade, limpa, calma, agradável, e existem trens para se ir em todas as direções, a gente não se sente isolado aqui no coração da Suíça, sem falar do Aar, tem mesmo de tudo aqui, um rio que se chama Aar, pode-se até tomar banho nele, conheço um bom lugar na margem direita, depois da ponte da Lorena, toda uma margem bem verde, arborizada, dali é possível ser levado pela corrente, depois pode-se parar junto à beira, e voltar a pé e assim por diante, e tem o Bürgerspital, se você soubesse como é gostoso ali, ficar encostado na fonte, na calma que cerca o jardim. Não ande tão depressa! Poderíamos também ir até o fosso dos ursos, diga-se o que quiser, é comovente o fosso dos ursos. Ou a Thoune. Não fica caro ir de trem até lá, e conheço um lugar incrível, é preciso caminhar um pouco mas vale a pena, é um panorama, um inglês me pediu para levá-lo até lá em fevereiro do ano passado, eu estava no saguão central, num dos bancos, de manhã pelas dez horas, e ele veio até mim, provavelmente porque eu era o que estava vestido de forma mais conveniente, e me perguntou se eu tinha carta de motorista, espantei-me, respondi que sim, e partimos num carro alugado, ele tinha medo de dirigir por causa da preferencial à direita, mas tudo correu muito bem, conservei bons reflexos mesmo sem dirigir havia vários anos, ele me pagou a entrada lá na rotunda, uma coisa espantosa, uma vista vastíssima da cidade de Thoune e dos Alpes em volta, pelo menos cem metros quadrados de pintura circular, você ia adorar...

repito mais alto "você ia adorar", ligando tudo com o eco do subsolo, mas ela continua a andar de modo desajeitado puxando a mala, como se me ignorasse,

— ...saindo do panorama fomos à estação, e ele me pagou o retorno a Berna, de primeira classe, um gentleman, com uma gorjeta, uma gorjeta enorme, explicando-me que ele se acostumaria muito bem guiando do lado direito, ele prosseguiria até Interlaken e iria até o lago de Brienz, eu não tinha por que me queixar, sua atitude havia sido corretíssima, no entanto me senti humilhado, não é preciso sofrer uma injustiça para se sentir humilhado,

berro isso duas vezes, "não é preciso sofrer injustiça para se sentir humilhado, não é preciso..." para que ela entenda bem, que isso entre em sua cabeça. Uns caras da segurança, uniformizados, se aproximam. Como? *Identitätskarte*? Mas eu não fiz nada de errado, só queria ajudar a senhorita a carregar suas malas, não vêem que são pesadas demais para ela... como assim, vão me levar?

Grito ainda ¡*hola!* três ou quatro vezes, ¡*hola!* bem alto, Beatriz não se volta, acaba de desaparecer do meu campo de visão, para lá da escada rolante que dá na praça em frente à estação. Eu queria avisá-la ainda de que naquele bairro só tem hotéis de luxo, do tipo Palace Bellevue, a quinhentos francos suíços por noite no mínimo, metade de um Forel, o que não deve estar a seu alcance, mas que estaria ao meu no famoso dia das notas de mil, talvez tivesse sido no hotel que eu deveria ter tentado trocá-las, lá eles devem estar acostumados. A menos que ela caia numa dessas sórdidas pensões de merda. De fato não tenho a mínima idéia, vai ver elas são até muito confortáveis, mas eu tive vontade de dizer pensões de merda. E disse. Murmurei entre os dentes, de raiva.

*

Aconteça o que acontecer, vou esperar você amanhã à noite, na partida do expresso "Pablo Casals", às 20h48, e depois de amanhã e todos os dias depois, se for preciso. E na partida de todos os trens. Pura rotina.

Ou não. Talvez eu não tenha mais idade para isso.

Pobre formiguinha.

O arquivista

Como explicar a perpetuidade da Inveja?
Um vício que não contribui para nada.

Honoré de Balzac

I

Quantas vezes eu lhes repeti que era melhor considerar as coisas de forma superior e responder à curiosidade do Estado com indiferença soberana? De qualquer forma, basta considerar a maneira como a Administração adultera as fichas, mascara as fontes, os nomes, para que se conclua até que ponto é ilusória a idéia de se descobrir tudo e estabelecer a verdade integral sobre as ações obscuras.

Sim, desde o início eu defendi, e repeti em vão durante longos meses, que era como atiçar a onça com vara curta aceitar essa suposta vontade de colocar tudo às claras e de extrema transparência. A grande abertura de vocês não nos diz respeito, deveríamos ter respondido, assim como também não nos concerniam seu grande invólucro oculto, nem seu registro sistemático dos mínimos fatos e gestos que pudessem revelar um comportamento diferente, ou idéias perigosas. Tanto mais que, pensando bem, o simples fato de formular um requerimento e pedir para consultar sua ficha, sua tão famosa ficha que dava para ocupar todas as colunas de todos os jornais, cada um partindo de sua mínima revelação de sua mínima indignação de como isso pode acontecer em nosso país tão límpido, tão claro, a mais velha democracia do mundo como nos repetem diariamente garantia dos direitos individuais e direito de iniciativa e direito de referendo e todo esse blá-blá-blá dos manuais escolares, e então, o simples fato de pedir ao órgão central o que havia sido registrado interceptado conjecturado sobre sua pequena pessoa resultava no mesmo efeito de se declarar fichável, fazendo parte da mesma lógica que havia prevalecido durante o controle geral, perdão, a "defesa geral". Era entrar no jogo da grande besta aterradora da Administração e confirmá-la em suas bem fundadas suposições. Para resumir, de um lado, era cair na trama de acreditar que ela nunca pode ser transparente. E, de outro, justificá-la por não tê-lo sido em razão da ameaça de indivíduos que viam a si mesmos como seus inimigos. É para se meditar no exemplo dos membros da Comuna executados depois das horas flamejantes por terem complacentemente posado diante dos fotógrafos ao pé das barricadas, peças de convicção quando a História dá suas reviravoltas.

No início, ouviam-me. Afinal, às vezes eu tivera razão, durante os anos gloriosos, com meus raciocínios tortuosos, eu conseguira uma certa legitimidade, e até prestígio. Depois sorriram: definitivamente, eu raciocinava. Depois se impacientaram. E finalmente, ignoraram-me. Era uma bela ocasião para mostrar que o rei estava nu, denunciar a tirania do Estado, todos aqueles fascistas que mexem os pauzinhos, sempre com fórmulas brutalmente despertas pela excitação da atualidade. Todos se precipitavam, queriam saber, revelar a amplidão e a gravidade daquele escândalo em pleno dia. Porque agora eles tinham recursos jurídicos.

*

As primeiras respostas começaram a chegar aos requerentes da primeira hora dois ou três meses mais tarde, o Ministério Público havia efetuado uma limpeza nos documentos, em que espessas manchas escuras e opacas escondiam as informações julgadas confidenciais ou nocivas a interesses de terceiros, o que acabou por suscitar uma indignação tonitruante. Quem o Estado pensava enganar? Ninguém cairia em tal armadilha! Mas o orgulho, a vaidade, falam mais alto. Eva precisa vê-los, os companheiros, passando com suas pilhas de fichas, instantaneamente promovidos à condição de ex-combatentes, de heróis da subversão, faltavam apenas as condecorações, mesmo se suas fichas fossem mais valiosas, enfim, mais visíveis, mais espetaculares. Quantas páginas existem sobre você? Dez! E sobre você? Vinte e cinco! E sobre fulano, quilos e quilos...

Sim, nem mais nem menos, três quilos e mais alguma coisa, acabava virando uma questão de peso, vanglória e colesterol, eu não podia ficar inativo a olhá-los pavonearem-se e enfeitarem sua juventude, insinuando perigos e riscos que aumentavam a cada vez, ao passo que eu, nada, acuado em minha recusa obstinada de empreender a mínima providência, reduzido ao silêncio. Todo meu passado esquecido, ocultado sob o efeito demasiado visível de seus arquivos tão orgulhosamente exibidos como condecorações de guerra.

*

Até mesmo Corinne acabou interferindo. Num primeiro momento, ela me apoiara, minha correção era reconhecida, meu rigor de análise, eu sempre havia sido um líder, havia tomado a frente de vários movimentos, não como um desses pulgões da política sempre prontos a se deixar impressionar pelas grosseiras manobras da grande Besta Central, a Administração, mas Corinne pouco a pouco se deixou dominar por um incômodo, sentia-se embaraçada por não termos nada de concreto, de palpável, para pôr na mesa. Claro, podíamos ter ido fuçar em meus arquivos, todos aqueles panfletos que eu inspirara, redigira, e os relatórios da célula, ou ainda os momentos brilhantes durante as passeatas e comícios, mas do mais espetacular, tudo aquilo que estava ligado às duas ou três ações mais significativas, nós evidentemente não tínhamos conservado nada que pudesse ser uma prova hoje, pois antigamente teria servido para nos atrapalhar e nos condenar. Corinne começou a expressar dúvidas, depois uma clara frustração. Ah! E por que eu não me decidia a pedir de uma vez por todas aquela maldita pasta de arquivo que devia pesar quilos e mais quilos, pelo menos a julgar pelas dos outros e proporcionalmente aos nossos respectivos serviços demonstrados.

II

Seis semanas já, sem a mínima resposta, ao passo que alguns requerentes, tempos mais atrás, receberam seus arquivos poucos dias depois de seus pedidos, aquela eficácia costumeira. Seja dito que desde a introdução do correio prioritário, chamado "correio A", tudo diminuiu o ritmo, não se pode mais confiar nos prazos, apesar do notório aumento das tarifas. Toda manhã, antes de me dirigir à agência, abro a caixinha de correspondência, impaciente e cada vez mais febril, para encontrar nada mais que algumas cartas sem importância, já que o principal da correspondência é enviado ao escritório, triado e preparado pela secretária. E o jornal de meu amigo Antoine. Ele recebeu seu arquivo há muito e logo comunicou isso numa sucessão de editoriais.

*

Ao longo dos anos, e das promoções de cada um, a vida de grupo se deslocara, alguns viviam agora no exterior, Berlim, Paris, Londres, Nova Iorque, Roma, ou em outras cidades do país. As lutas haviam perdido o fôlego, tinham-se diluído no realismo ou no oportunismo dos anos oitenta, e de repente o escândalo explodiu, digamos em paralelo, conseqüência de um outro caso sensacional que abalara o governo do país. Soubera-se que o Estado, por meio de seus ministérios das Forças Armadas e da Justiça, desenvolvera um sistema de vigilância e informação visando não somente os meios extremistas, dos quais nós podíamos ser considerados atores ou condutores, mas também alguns partidos oficiais de esquerda com assentos no Parlamento, os assinantes de publicações comunistas, os agrupamentos antinucleares, ou pacifistas, os membros da Anistia Internacional, os militantes de uma ou outra minoria lingüística que reivindicava sua independência, e até mesmo, em alguns cantões, as mulheres que haviam sofrido aborto. O grande delírio federal.

Nós, que não havíamos deixado o país, encontramo-nos então para assembléias informais, a História se coloria bruscamente de heroísmo, havia um bom jogo a ser feito, alguns queriam tirar algum proveito daquilo, desejosos sobretudo de reivindicar sob aquela nova luz um prestígio militante à altura de justificar ou até de realçar os lugares de poder a que entretempo eles haviam ascendido, nos meios de comunicação, na administração ou na universidade. O fato de eu estar na empresa privada já de início não lhes agradou, e menos ainda o fato de eu me beneficiar de uma sólida renda, acrescentada de bonificações importantes conforme os contratos assinados. Meu gosto pela tecnologia e pela informática aproximava-se muito do americanismo a seus olhos, e não deixaram de levantar algumas suspeitas, se eu não me interessava por minha ficha, se eu insistia tanto para que ninguém reclamasse a sua, com argumentos julgados cada vez mais particulares, é porque eu temia meu passado, perdão, nosso passado, porque eu tinha vergonha dele, temia que ele barrasse minha carreira ou comprometesse minha posição. Meu purismo sempre os atrapalhou, assim como minha recusa em ostentar. Não se é filho de pastor impunemente. Foi o que acabei achando, com a idade. Alguma coisa de atávico. Mas relutava falar disso com quem quer que fosse. Esse tipo de considerações sobre a hereditariedade teria me valido um anátema imediato e definitivo. Algo herdado? Genes? Eu estava brincando! Mais uma prova da minha retratação, da minha renegação.

*

Foi Corinne quem me trouxe a carta registrada, entregue no início da tarde. Eu tinha acabado de chegar de um almoço de negócios dos mais rápidos, contrato garantido por muito tempo ainda, inútil passar mais tempo com esse gênero de clientes, e a preocupação dietética sempre incluída justifica a rapidez, queijo de cabra *crottin de Chavignol* num leito de folhas verdes, sem sobremesa. Ela colocou o envelope cinza diante de meus olhos, papel reciclado, papel timbrado do Ministério Público, ainda sem fôlego por ter corrido até o escritório, um grande desvio que faria com que ela se atrasasse para sua reunião no centro antigo da cidade, mas eu estava esperando essa resposta havia muitos dias, não é meu querido, semanas para dizer a verdade, então ela quis me agradar trazendo-me a carta o mais rápido possível, sem que a fina espessura do envelope a tivesse alertado nem por um segundo, nem a mim afinal. Provavelmente eles enviariam o restante do processo num pacote separado, com tudo o que eles devem ter acumulado sobre mim em quinze anos, suspeitas, informações, boatos, hipóteses, pistas e falsas pistas, relações duvidosas, contatos verificados, conversas relatadas ou deformadas, escritos catalogados, haveria uns cinco quilos pelo menos. Eu gostaria de estar só para abrir a carta, não suportando que alguém pudesse se imiscuir em meus assuntos privados e em minha correspondência, nem mesmo Corinne, mas eu a via já se aquecendo, bem perto de explodir numa felicidade triunfal. Íamos finalmente ver quem tinha lutado de verdade, e contado, quem era o inimigo público, meus relatos de serviços prestados iam desfilar em versão administrativa e esmagá-los, a começar pelo pequeno burocrata de atitudes falsamente modestas que havia vários meses passava de uma redação para outra valendo-se dos três quilos de documentos sobre ele, edificando sua própria estátua de reunião em reunião, de artigo em colóquio, acabará por fazer daquilo um livro se ninguém o deter. Ah! Três quilos — grande coisa!

O texto, também em papel reciclado, não tinha mais de três linhas. A Administração tinha o prazer de me participar que não havia nenhuma informação a meu respeito em seu arquivo central e me pedia para aceitar seus protestos de estima e consideração.

III

O delegado responsável pelo assunto das fichas não queria me receber, se tivermos que conceder uma audiência individual a todos os decepcionados, ou aos que têm alguma dúvida, nunca chegaremos ao fim de nosso trabalho caro senhor, acredite, não é má vontade de nossa parte. Mas ele teve de confessar que se deixou vencer diante da minha obstinação. A energia do velho militante voltava à tona, eu encontrava espontaneamente as palavras certas, eficazes, e o tom apropriado, aquela forma de acuar o interlocutor em suas últimas retrancas, antes de lhe oferecer a possibilidade de ele mesmo concluir a lógica do que foi debatido, técnica infalível que garante nossa supremacia no discurso.

Na verdade, foi um assistente que me recebeu, com um tom hesitante, ao mesmo tempo desconfiado e sarcástico, essas pessoas já viram de tudo, já foram chamadas de todos os nomes pelos que tinham sido realmente vítimas de sua vigilância, mas alguém que vinha se queixar que nenhuma ficha foi registrada sobre si era um caso raro, para ser claro, esdrúxulo. Eu explicava e explicava o quanto me parecia improvável que nada tivesse sido registrado a meu respeito, enquanto outros, bem menos ativos e subversivos que eu, ou tendo desempenhado um papel nitidamente inferior e claramente subalterno, viam-se gratificados com uma pasta daquelas bem grossas, mas ele não quis ceder. Eu devia me ater à realidade dos fatos, e a consulta metódica dos processos manuscritos, assim como a dos dados computadorizados, mais recentes, não revelava nem meu nome nem meu pseudônimo na época, "Voline", que eu acabei por lhe revelar sem acreditar muito no resultado já que o nome só era conhecido por dois ou três membros da célula da qual somente restara Jean, incapaz de trair um segredo. A hipótese da ficha guardada fora de ordem, perdida numa outra letra do alfabeto, também não era imaginável, havia sido feita uma busca integral por duas vezes, eu podia ter certeza, nenhum erro desse gênero teria escapado à sua vigilância.

O homem, de cerca de trinta anos, talvez menos, com um odor acre de transpiração na camisa de poliamida, finalmente dignou-se a me deixar consultar pessoalmente o escaninho da letra correspondente a meu nome, eu via passarem os processos pelos meus dedos, todas aquelas felizes presas do Estado policial, mas nada, desesperadamente nada que me envolvesse. Então ele me segurou o ombro, meio para me consolar, meio para me convidar a sair, esboçando um passo em direção à porta da sala obscurecida, o soalho rangia sob meus sólidos sapatos com sola de borracha. E me sugeriu enfim que o sistema, tão sofisticado quanto era, forçosamente também comportava erros, observe a informática, quis-se simplificar o trabalho, eliminando a mão-de-obra, suprimiram-se centenas de milhares de postos de trabalho no mundo, e de repente, naquele triunfo planetário da técnica, do progresso, percebe-se que o pequeno detalhe das datas havia sido desprezado, ele franzia os olhos para me dizer isso, com uma expressão quase perversa, esqueceram a mudança de milênio, a troca dos dois primeiros números, os dos séculos, e eis que tudo corre o risco de desmoronar, seiscentos bilhões de dólares, dizem, para retificar o errinho, sem garantia de que se evite a catástrofe apesar de tudo, então uma ficha a mais ou a menos, um inimigo da pátria esquecido... Ele entendia minha incredulidade, mas eu estava decepcionado, arrasado mesmo, e, isso, ele tinha muita dificuldade em entender. A folha direita da porta se fechou, silenciosamente, num deslizar retido pelo amortecedor. A escada cheirava a cera. Isso eu não tinha percebido ao chegar.

*

A existência de uma "lista V", contando com mais de três mil nomes de "traidores e sabotadores potenciais" me devolveu a esperança. E confirmou minha desconfiança inicial. Eles pretendem escancarar as portas de seu arquivo central, escrevam-nos, vamos lhes dizer tudo, vocês poderão conhecer os dados que os envolvem, com as precauções habituais, mas logo que se toca na nervura do dispositivo, isto é, os processos constituídos sobre os grupos ou indivíduos realmente ativos e, portanto, supostamente perigosos para a segurança do Estado e para a famosa "defesa espiritual", logo que se entra no primeiro círculo de inimigos, onde estou convencido de terem me colocado, o segredo continua absoluto. Não, senhor, nada sobre o senhor. Uma ova. Eles previram nos colocar sob vigilância aproximada, nós, os membros da "lista V", e até nos internar, em caso de guerra ou de crise. Com um passado inflamado como o meu, muito diferente da cervejinha dos militantes de segunda que estão exibindo suas fichas há mais de um ano, é impossível que eu não tenha sido catalogado, e em lugar de destaque, nessa "lista V".

*

Outros, durante o ano que acabou de passar, sentiram as mesmas dúvidas diante das respostas negativas a seus pedidos para consultar seus processos, a ponto de, diante do número de queixas e requerimentos, mais de dois mil hoje, um mediador precisar ser nomeado pelas autoridades. E algumas fichas foram de fato encontradas depois de sua interferência, e nada pequenas, às vezes até muito extensas. Foi explicado que havia uma grande sobrecarga de trabalho nos serviços e que havia uma grande carência de funcionários destinados a essa tarefa, enorme, de responder a uma maré de mais de trezentos mil pedidos. O assistente do arquivista-chefe, aliás, revelou-me, com um jeitão condescendente, que apenas quinze por cento dos requerentes, e ele disse requerentes com um muxoxo que escondia muito pouco seu desprezo, o senhor percebe, magros quinze por cento dentre eles estavam realmente fichados, enquanto duzentos e cinqüenta mil indivíduos acreditavam ser objetos de vigilância, de denúncias, sem fundamento algum. Isso dizia muito, a seu ver, sobre o estado de espírito pernicioso reinante hoje em dia numa grande camada da população. Todo mundo está pronto para cuspir no prato em que comeu, a sujar a cama em que dormiu, e a se vangloriar de tudo e ainda por cima bancar a vítima. Bem que eu teria falado da "lista V" para aquele fedelho, se eu tivesse conhecimento dela naquele momento, e dos processos reencontrados "por acaso", depois da investigação do mediador. Ele, ao menos, poderia me entender, e mexeria os pauzinhos.

IV

Quando eu lhe perguntei, num tom talvez ambíguo, não muito decidido, se não seria possível fabricar uma ficha *a posteriori*, uma longa ficha detalhada com base numa confissão que eu faria, se necessário sob juramento, pois eu tinha segredos a revelar e revelações que esclareceriam aqueles anos sob uma perspectiva nova e interessante, uma mina de ouro para as futuras gerações, o mediador olhou-me com uma expressão primeiro espantada, depois severa, e me fez observar que eu seria, num plano estritamente judicial, passível de tentativa de corrupção de um alto funcionário. Ele preferia, portanto, considerar que não tinha ouvido nada, e que ficaríamos assim, e retomou seu sorriso educado de homem acostumado a se confrontar com as decepções de outrem. Claro que minha tristeza não lhe passava despercebida, e ele podia entender o fato de eu me sentir lesado diante das realidades passadas e diante do tribunal da História, mas, afinal, do ponto de vista que tinha sido o meu, e que ainda era provavelmente o mesmo, eu antes deveria estar feliz ou tranqüilo em saber que um Estado com pretensão altamente democrática tivesse deixado um indivíduo como eu exercer livremente sua consciência crítica, sem mesmo submetê-lo ao mínimo controle. Quantos aos atos delituosos em maior ou menor grau que eu acabara confessando a ele, o fato de eles serem ignorados pelos serviços de informação e por qualquer outro observador ou denunciante também deveria ser visto pelo lado positivo, como prova de nossa habilidade e eficácia, porque, caro senhor, sem de forma alguma querer magoá-lo, o senhor deve concordar que a opção pela clandestinidade não tem como objetivo imediato acabar sendo registrada nos relatórios da polícia, e ele explodiu numa gargalhada de fumador de charutos, havanas não, isso não, mas charutos nossos, espessos e nauseabundos. Acompanhando-me até o elevador, lembrou-me de que não podia absolutamente excluir a possibilidade de perda de uma pasta, tudo é possível nesse baixo mundo, mesmo por parte de funcionários zelosos e disciplinados, mas era impossível para ele levar suas investigações adiante, ele já me havia dedicado muito de seu precioso tempo e, com toda a franqueza, com a experiência adquirida ao longo dos meses, ele não acreditava em tal hipótese.

V

O porteiro da noite me olha cada vez com mais desconfiança. É verdade que devem ser muito poucos os hóspedes capazes de ficar várias noites num hotel tão triste, com o ruído dos aviões, ensurdecedor, estamos a quinhentos metros do aeroporto, e o trânsito na avenida de seis pistas, sempre estranhei alguns tipos de urbanização tão antinatural, prédios ao longo de auto-estradas, ou na entrada de alguma estação, janelas que dão para a ferrovia, esta daqui nem mesmo tem vidro duplo. Sem falar da cortina que sai do trilho toda vez que eu a puxo. Mas, ao menos, ninguém virá me procurar num lugar assim, na periferia da cidade, longe de meus bairros habituais, estou tranquilo, e, se o hoteleiro chamar os policiais, eles não encontrarão nada que me incrimine. Não fui fichado, senhores. E paguei uma semana inteira adiantada.

*

O sono vem, apesar do barulho e da luz, no meio da tarde, às quinze horas, com espantosa regularidade, e desperto no início da noite, pelas vinte horas, o que dá uma média de repouso insuficiente, sei disso, principalmente com o clima difícil de Genebra, os ventos, o lago, algumas organizações internacionais parece que passam por grandes problemas por causa disso, muitos de seus funcionários ou de seus representantes não se habituam e acabam tendo que ser transferidos. Saio quando a noite e a escuridão já se instalaram, evitando as ruas do centro, sempre cheias de gente, onde poderiam me reconhecer. O que mais gosto, até a meia-noite, é ir à passarela para pedestres que atravessa a estrada e observar os aviões aterrissarem e decolarem, mesmo em baixo de chuva e na loucura do barulho e de todos aqueles faróis e piscas e lanternas, uma dança incessante que faz com que eu pare de pensar durante algumas horas e bloqueie meu carrossel de lembranças.

*

Felizmente encontrei uma mercearia no terminal ferroviário do aeroporto aberta até tarde da noite e vou me abastecer de latas de conservas, principalmente sardinhas em óleo, que empanturram bem, e de alguns produtos frescos, erva-doce com limão, tomates, frutas. O ideal seria comprar um pequeno fogão elétrico, mas o recepcionista já não vê com bons olhos o fato de eu levar comida para o quarto, se eu começasse a cozinhar, com as inevitáveis manchas e respingos que isso implica, ele logo aproveitaria para me expulsar. Vejo muito bem que minha presença o incomoda, ele não está acostumado a essa continuidade. Ontem, explicou-me com uma expressão falsa de quem quer passar afabilidade, que, por um pretexto qualquer, eu deveria mudar para o quarto 26, horrível, sem nem mesmo a pequena escrivaninha, e que dá direto para a estrada. Objetei que eu havia pago adiantado para ficar ali onde eu estava instalado e que mudar estava fora de cogitação. Nem hoje, nem depois de amanhã, quando deverá ser paga mais uma semana de aluguel. À noite peguei um trem para ir retirar dinheiro num caixa automático de Lausanne, só para despistar. Corinne fatalmente vai decidir abrir minha correspondência, para tentar entender o que está acontecendo comigo e para onde eu poderia ter ido. Ela fará sua investigação. Melhor me prevenir contra os riscos e redobrar a prudência. Na próxima vez, irei a outra cidade, Yverdon talvez. Melhor evitar a repetição. Quanto ao escritório, eles vão se virar muito bem sem mim. Nunca tive espírito de patrão.

*

Uma irmã também serve para os momentos difíceis, disse a Françoise quando a encontrei num bar meio suspeito onde eu marquei de encontrá-la. Ela veio sozinha, como prometido, e trouxe o que eu pedira, um par de calças, três camisas, cuecas e meias em abundância porque eu não ia começar a lavar roupas. Foi com os sapatos que ela teve mais dificuldade, e hesitou bastante, mas eles serviram direitinho, os dois pares, com cadarço, eu insistira muito nesse ponto porque tenho o peito do pé alto e curvo, dificilmente posso usar mocassins. Ela não quis que eu a reembolsasse pelos gastos, com tudo que você já fez por mim, disse ela, e também que não estava entendendo nada de toda essa história. Eu estava ficando louco, era muito infantil atribuir tanta importância a uma simples ficha perdida ou inexistente e destruir assim a minha vida, meu futuro, do modo mais absurdo, Corinne estava preocupada e eu já tinha lhe telefonado várias vezes, não dorme mais, você poderia ao menos escrever uma carta explicando tudo para ela, tranqüilizá-la. Mesmo assim, Françoise jurou que não diria nada a ninguém sobre nosso encontro. Tomamos alguns uísques, muitos, para diluir aquele mal-estar. Ela gostaria de me acompanhar, pelo menos por um trecho, eu já estava adivinhando, desapareci nas sombras de um parque, correndo um pouco. O porteiro da noite ficou muito espantado ao me ver chegar com uma pilha de roupas debaixo do braço. O senhor vai morar aqui, sorriu ele ironicamente. Sim, e começar a trabalhar. Pedi a ele papel para cartas, o papel timbrado do hotel que eu utilizei não foi reposto, o serviço nem sempre é dos melhores aqui, soltei meio bocejando.

VI

A vantagem de um país onde reina a tranqüilidade, o respeito mútuo, a paz social no quotidiano, é que as pessoas nunca são desconfiadas, nada de códigos para abrir a porta dos prédios, e os alarmes ou outros dispositivos de segurança são raros, não é difícil forçar uma porta de entrada, nem são blindadas na maioria das vezes, e cometer uma infração, a não ser pela vigilância espontânea da vizinhança. De qualquer forma, os velhos colegas, estejam como estiverem, tiraram alguns dividendos de seus pequenos engajamentos de juventude. E dizer que me criticavam por trabalhar no setor privado e por ter me tornado patrão. Mas são eles que vivem em mansões confortáveis, com os filhos e televisões de telas grandes, aparelhos de som com célula fotoelétrica para que o som os siga de sala em sala, todas as bugigangas sofisticadas daquela sociedade que eles queriam revolucionar, e na qual eles agora se abastecem sem parar. Meus queridos altos executivos.

Finalmente, são as janelas que eu prefiro quebrar, sem me preocupar muito com o barulho, por sinal, toda essa gente tem jardins enormes. O importante é se confundir na sombra dos bosques, depois, uma vez lá dentro, passar de uma sala para outra até o escritório do dono, embora já tenha me acontecido de encontrar sua ficha no bufê da sala de jantar. Provavelmente para tê-la sempre à mão e poder exibi-la durante os jantares entre amigos, sim eu estava lá, fiz tudo isso sim, quantos riscos, quanta coragem, eles ficaram realmente com medo de nós, nada do que fazíamos escapava ao Estado farejador, e tudo isso hoje é uma prova, sólida, concreta, bem legível apesar das várias rasuras! A História se lembrará de nós, e não das falsas glórias da época que nem foram motivo de vigilância, nem da mínima linha em ficha nenhuma, enquanto ele se considerava um líder, criava um pseudônimo, uma vida clandestina! Era assim que eles debochavam de mim toda vez e davam grandes risadas, pelo alívio de saber que sua má-fé nunca seria desmascarada, pois eles acreditam triunfar graças ao selo oficial da Administração... Mas agora eu tenho comigo as fichas deles, já são dez, pelo menos, surrupiadas no espaço de uma semana. Belo trabalho, como na época das visitas noturnas às redações que nos eram hostis. Eficácia intacta. Isso deverá bastar para que abram um processo de revisão e corrijam todas essas inépcias e enganações.

Embora devendo pesar uns três quilos, a ficha do funcionário não foi fácil de achar, em meio à desordem acumulada por todo canto naquela sala que servia de escritório. Gente como ele ganha muitos livros, de tanto querer fazer um pouco de tudo. Não a encontrei exposta de forma ostensiva, como imaginara. Mesmo assim, o único título da pasta onde sua ficha, ou dossiê, estava guardada, diz muito sobre a mentalidade do indivíduo: "anos de militância". O período vermelho, como não poderia deixar de ser, antes do azul, e do cinza, e do glauco, terrivelmente glauco de hoje, o do esnobismo e dos compromissos, dos arrivismos e oportunismos frustrados. Achei também uma carta de recusa de um editor, dobrada discretamente, por conta de um dos vários manuscritos onde ele derrama sua vaidade e pretende transformar seus desvios juvenis em feitos de guerra e atos de resistência. Eu tinha até prazer em saber que um livro seu fora recusado, mas já estava bem irritado com o pouco que eu lera do conteúdo das primeiras páginas de seu dossiê, dava para pensar que ele pagara a Administração para que ela erigisse um templo à sua glória. Quando penso que os serviços de informação puderam dar crédito a essas besteiras e exageros, sem o mínimo esforço de averiguação, de acareação, a ponto de produzirem uma visão completamente deformada da época, de seus elementos, de seus agentes, de seus princípios e de seus fins. Isso denota uma incompetência ou uma ingenuidade que leva a temer o pior para nossa segurança e nosso futuro. Mas os impostores não perdem por esperar. Queriam um chefe, eles o terão.

VII

Meu comprovado senso de exatidão, os relatórios extremamente documentados e as correções feitas em bom número de casos, as disfunções assim reveladas, sem falar da minha experiência vivida dos acontecimentos que marcaram os anos setenta e oitenta, era espantoso que ele dissesse setenta como os franceses*, mas ele é suíço-alemão e isso poderia parecer um esnobismo de sua parte, ou vaidade de falar um francês que o distinguisse do suíço-francês que lhe fazia face, nem todas as minhas qualidades escapavam a ele, e em outros tempos eu teria sido uma excelente descoberta, inesperada é verdade, para seus serviços, principalmente porque eu dava provas de uma evidente vontade de colaborar e de estabelecer a realidade dos fatos. Mas aquela realidade não os interessava mais, era um período passado, a guerra fria, o medo dos vermelhos, dos amarelos, dos verdes, para que voltar àquilo, os desafios hoje se encontravam em outros setores, para os quais eu não era, ou não era mais, necessariamente o mais bem preparado, não obstante minhas indiscutíveis capacidades em informática. E depois, há, apesar de tudo, o seu passado político, isso não se apaga de um dia para o outro, nesse ponto eu quase estourei numa gargalhada, dizer uma coisa dessa para mim, e aparentemente sem a mínima ironia, suas idéias e assuntos extremistas, uma certa exaltação dificilmente compatível com a fleuma requerida para missões como as nossas. Não, decididamente, não era cogitável que me empregassem, nem mesmo me

---

* *Soixante-dix* no original. Na Suíça francófona, seria *septante*. (N.E.)

conceder um estatuto oficial. No máximo ele poderia me oferecer uma função de colaborador voluntário, com algumas vantagens é claro, como fazer minhas refeições na cantina do Palácio Federal, talvez fosse até possível colocar um quarto à minha disposição, alguma coisa bem simples, com banheiro no corredor, mas de qualquer modo estaria hospedado e alimentado, o que hoje em dia não é de se jogar fora. E como eu tinha dado a entender que Berna era uma cidade que me agradaria... Havia entretanto uma pergunta que ele queria me fazer há algum tempo, depois de ter relido minha confissão e os processos para os quais eu trouxe os esclarecimentos necessários, revisão geral rebaixando os antecedentes demasiado glorificados daqueles militantes de segunda categoria que nunca foram capazes de elaborar o mínimo pensamento político nem a mínima estratégia, era a minha terminologia, mas sua pergunta era mais pessoal. Ela o perseguia. Ele não conseguia compreender por que eu havia abandonado a minha situação, mais confortável que a sua, com boas perspectivas de enriquecimento rápido, por esse trabalho de escrevente da História em que eu não tinha nada a ganhar e que nem grande importância tem. Mesmo porque tudo aquilo não apresentava nenhum caráter de urgência, pensando melhor. Fixei-me em seus olhos, abrindo bem minhas pálpebras, e, depois de uma breve pausa, respondi que quando não se tem filhos, como era o meu caso, não se tem para si senão o futuro e os traços de sua própria vida para deixar para a posteridade, mais essenciais que alguma fortuna material.

    O que me agradou na conversa foi que o arquivista-chefe confessou com meias palavras o quanto antigamente eles podiam me ter considerado um indivíduo perigoso. E não esqueceram. Hoje, tenho certeza, eles possuem um arquivo sobre a minha pessoa, enorme, explosivo e protegido pelo "segredo militar", ou por alguma cláusula de reserva. Vou festejar isso num dos terraços de bar no centro da cidade. Onde servem grandes canecas de cerveja, de vidro grosso e confiável.

*

O último ônibus passa à meia-noite e, a pé, terei de caminhar por mais de meia hora. O quarto não é nada desagradável, tenho até uma vista muito boa para um parque de velhas casas aristocráticas, mas a distância do centro é uma grande dificuldade, e não há nenhuma loja aberta à noite, neste bairro periférico. Finalmente, eu estava melhor no meu hotelzinho de Genebra. Lá pelo menos eu tinha o espetáculo dos aviões.

*

Novecentas e vinte e três mil quatrocentas e quarenta e duas fichas registradas até 1990, segundo a última contagem. Colocá-las em ordem e proceder às averiguações de costume logo se torna uma tarefa cansativa quando não se conhece pessoalmente os envolvidos. Nenhuma revanche, nenhuma verdade para fazer triunfar. Um simples trabalho de formiga. Ontem achei uma ficha classificada de forma errada, provavelmente por causa do pseudônimo usado pelo interessado, tratava-se na verdade de um militante ecologista de Lucerna que já havia recorrido à intervenção do mediador e a quem tinham respondido negativamente, não senhor, não há a mínima informação a seu respeito. Minha primeira reação foi de despeito, e durante alguns minutos pensei em recolocar o processo no mesmo lugar errado, de forma que ninguém mais o exumasse, e que aquela felicidade que espero há tanto tempo não fosse concedida a qualquer barbudo de sandálias ou quem sabe a mais um desses aporrinhadores que obstruem a construção de estradas e o assentamento do concreto. Depois, senti passar por mim um bafejar de esperança, o horizonte não estava completamente fechado, estava provado que novas descobertas ainda eram possíveis, meu dia chegaria, cedo ou tarde. Mas não. Pude, já havia algumas semanas, convencer-me que eu era um personagem muito importante e perigoso para figurar no arquivo comum, no meio de quase um milhão de indivíduos desinteressantes. Meu dossiê certamente foi colocado em lugar seguro, com a elite dos "inimigos internos", ou cuidadosamente destruído porque comprometia muitos informantes, revelava segredos demais. Eu descobri, na época, coisas que hoje eles querem esquecer, e sobre as quais eles não querem correr o risco de conservar nenhum vestígio escrito. Eles querem me apagar. Foi por isso que eles me aceitaram, apesar de tudo, como colaborador voluntário. Para me desmiolar. O chefe aliás já me disse que em breve eu poderia me tornar um verdadeiro empregado dos serviços de informação, com um salário digno. Meu comportamento fala em meu favor, e eu soube me tornar querido entre os colegas. Como se agora eu não aspirasse mais a uma outra glória nem a outras tarefas, pobre barnabezinho de sapatos cinza e paletó desbotado!

VIII

Escrever esta carta em papel timbrado da Administração não deixa de ser engraçado, e isso vai certamente dar o que falar. Será um incômodo para eles ter que reconhecer um documento como este, revelando assim que o ataque vem diretamente de seus próprios serviços de informação. Aí sim é que eles poderão falar de um "inimigo interno". Reativação imediata da "lista V", a dos vagabundos. Sim, um inimigo bem interno, e muito determinado. Chegou a hora do acerto de contas.

Num primeiro impulso, sob a influência das últimas leituras, com um gosto renovado pela antigüidade e suas lendas, pensei em evocar a figura de Eróstrato, disposto a qualquer coisa para que se lembrassem dele, para que nunca esquecessem seu nome, a ponto de resolver incendiar uma das maravilhas do mundo, o templo de Ártemis. Mas temi que as instâncias mais altas seguissem logo depois o exemplo dos efésios, proibindo sob pena de morte ou de desterro que meu nome fosse pronunciado por quem quer que seja.

Os pontos nevrálgicos do país e de sua economia, de seus meios de transporte, de seus valores patrimoniais não têm mais segredo para mim. Poderei prejudicá-los ou destruí-los da forma que mais me agradar, no nível que eu preferir, na hora que melhor me convir. Único a dar as cartas desse jogo. E lhes enviarei uma descrição minuciosa das operações, sempre, para que não tenham o mau gosto de atribuir a paternidade e a responsabilidade, isto é, a propriedade dos atentados a um outro qualquer, como já fizeram tantas vezes. Dessa vez, nenhum erro será possível. Eles saberão quem foi o artífice. Provas não faltarão.

Ainda não escolhi meu primeiro alvo. Devemos dar espaço ao acaso.

Favor aguardar a ficha.

Caixa d'água

> *Se vivemos tão mal é porque sempre*
> *abordamos o presente sem preparo,*
> *sem meios e da forma mais distraída.*
>
> Rainer Maria Rilke

    Conseguir um computador, mesmo portátil e de baixo consumo, não foi algo fácil na Alta Administração, e só a extensão das tratativas a serem preparadas, sua urgência também, é que devem ter levado as autoridades competentes a me instalarem aqui, neste escritório cavado na rocha, a dois mil quatrocentos e vinte e oito metros de altitude, conforme a indicação que se encontra na parte interna da porta dupla e blindada do *bunker*, e ainda sou obrigado a fazer anotações e redigir uma primeira versão de todos meus pareceres à mão, de modo a não utilizar o aparelho mais de uma hora por dia. Somos dez juristas a nos revezar diante de um único posto de trabalho, cada um obedecendo às mesmas regras, embaixo do inflexível mostrador de um relógio de parede cujos ponteiros negros, rigorosamente retangulares, saltam de um ponto a outro, sobre um fundo cinza prateado. Quanto ao resto, é o destino de todas as existências submetidas, espero que provisoriamente, ao segredo. Quartos isolados, ou melhor, células, mesmo que as camas sejam de um conforto totalmente aceitável, mas a ausência de janelas, de abertura, de paisagem, acaba pesando, depois de duas semanas, ou quase, confinado aqui sem outra distração senão ir dar alguns passos na plataforma diante da entrada, vinte metros quadrados subitamente cercados de precipícios, e eu sempre sofri de vertigem. O capitão do forte ironizou, disse-me no primeiro dia, você nunca vai ser um bom suíço. Prefiro afinal de contas passar minha hora de descanso no meu colchão, deitado, lendo, arriscando-me a esgotar rapidamente a reduzida biblioteca de distração, como eles a chamam, onde a maioria dos títulos, aliás, é em alemão.

O paradoxo é ter de refletir e argumentar sobre toda essa energia explorada nas fronteiras, enquanto aqui, e em todo o resto do país, a escassez de alimentação elétrica adquire contornos dramáticos. As notícias só nos chegam por conta-gotas, se é que se pode ainda empregar essa expressão, e suspeito muito de nossos superiores, pois é bem disso que se trata, segundo uma disciplina muito rigorosa que desemboca sistematicamente na desconfiança e na vigilância, suspeito que todos, a começar pelo capitão, um mecânico de precisão, dizem, filtrem as notícias e as deformem conforme a necessidade, diminuindo-as ou dourando-as, a fim de manter o moral das tropas. Mas a mim eles são obrigados a fornecer um certo número de dados precisos, para que eu possa sustentar minha argumentação. O tempo urge, a pressão aumenta a cada dia, e o tom dos despachos cede cada vez mais a um espírito de pânico. Todas as regiões de planície tiveram que ser evacuadas precipitadamente nos três últimos dias, seguindo itinerários complicados, já que alguns vales já haviam sido bloqueados, e as primeiras dificuldades apareceram, sempre há choques entre uma população urbana acostumada a um certo conforto e as pessoas das aldeias até então isoladas em suas colinas ou em suas pradarias, subitamente confrontadas com um afluxo que requisita tanto os campos agrícolas e as pastagens quanto as reservas de alimentos. Foram assinalados incidentes em cantões primitivos hostis à chegada dos habitantes de Zurique ou de Berna, que eles acusam de serem responsáveis por todos os nossos problemas atuais. O exército e a polícia, prioritariamente encarregados da transferência das populações e do apoio logístico que isso exige, não sabem mais onde agir e se encontram desamparados diante de um tipo de desordem e de conflitos que de forma alguma havia sido previsto.

*

Ninguém, hoje, é capaz de estabelecer como essa loucura teve início, nem quem deu a ordem de desviar os rios, uma decisão que, em qualquer hipótese, não pode vir de uma só pessoa e engaja obrigatoriamente a responsabilidade das mais altas instâncias do país, fosse apenas pela abrangência das obras realizadas com urgência, e das verbas utilizadas. Com o recuo, tudo isso parece absurdo, e até grotesco, mas num dado momento, e durante alguns dias, algumas semanas, foi necessário que nós acertássemos os ponteiros, entre os diferentes ministérios, para nos convencer do fundamento da operação. Reter o rio Inn quase na sua nascente, na Baixa Engadina, não demandou uma intervenção por demais onerosa, e as conseqüências, até agora, envolveram apenas algumas poucas aldeias, a água foi se acumular em vales retirados, e poderíamos resistir ainda algumas semanas antes que os salvamentos ou uma evacuação se mostrassem necessários, o que todavia não deixaria de colocar graves problemas, pois essas regiões montanhosas periféricas não foram preparadas nem organizadas com a mesma minúcia obsessiva de outras localidades. O desvio do rio Ticino, na altura do vale Bedretto, apresentou mais ou menos as mesmas características, mas foi preciso acrescentar-lhe o desvio do Maggia, de forma que o nível do lago Maior baixasse, dizem, a olhos vistos, sem que os resultados fossem dramáticos, nem no interior do país, nem, devemos admitir, no exterior, e logo devemo-nos interrogar sobre a pertinência dessa escolha, de custo apesar de tudo elevado e que não acrescenta grande coisa à operação conduzida nas frentes norte e oeste. Foi aqui que nossa tática se revelou a mais espetacular, procedendo ao desvio do Reno tanto acima quanto abaixo do lago de Constança, isto é, na altura de Altstätten e de Stein-am-Rhein, depois em Birsfelden, pouco antes de Basiléia, com a construção progressiva de um dique que logo formava um anteparo ao longo das fronteiras que não fossem protegidas por uma elevação montanhosa. Fizemos o mesmo com o Ródano, desviando-o na altura de Aigle, para bloquear o abastecimento do lago Léman, depois em Genebra, através de um dique que corria até o sopé das montanhas do Jura, depois disso foi preciso erguer rapidamente uma muralha ao longo de nossas margens, a fim de conter a água das regiões inundadas, e das cidades, a começar por Genebra e seus arredores, o que não se fez sem provocar graves tensões com a comunidade internacional e suas instituições, ONU, OIT, OMS, Cruz Vermelha, instaladas naquilo que ainda eram as margens do lago. Ninguém parecia ter previsto uma evolução tão rápida da situação. Assim, os estrategistas do

Ministério da Defesa não estão totalmente errados quando respondem a seus acusadores que não havia outra solução se quiséssemos conservar o Ródano em nossas terras e privar de suas águas nossos vizinhos franceses.

*

Consultando arquivos sobre as grandes obras hidráulicas suíças dos últimos cem ou duzentos anos, descobri, o que prova uma certa continuidade de idéias neste país, que o lago de Sils, perto de Einsiedeln, era uma criação artificial dos anos vinte, com o objetivo de garantir o abastecimento de energia para a cidade de Zurique, o que provocara, na época, o deslocamento de aldeias inteiras e o desaparecimento de uma fauna e de uma flora particularmente interessantes. Isso não aconteceria hoje em dia, diante do olhar dos cães de guarda ecológicos que grassam até por aqui, já que somos submetidos a todo tipo de privações e proibições em nome da salvaguarda da natureza. De qualquer modo, não tendo daqui a pouco mais nada para consumir, a não ser a infecta ração de sobrevivência diária, nem para jogar fora, a não ser o papel que eu escureço sob a fraca luz da luminária da parede, vamos terminar encontrando uma forma de liberdade em nossos comportamentos, exceto evidentemente a de fumar. As ordens são rígidas, o condicionamento obrigatório do ar exclui que nos entreguemos a tal vício no interior do *bunker*, e no exterior, além de minha aversão a precipícios, objetaram-nos um grande risco de incêndio. Quase estourei em gargalhadas, o Estado Maior se preocupa com riscos de incêndio nesta montanha tão pobremente arborizada, enquanto lá embaixo o país se afoga...

*

Segundo as últimas notícias, parece que a devolução de emigrados suíços pelos vários países da Comunidade Européia, entre os quais nossos vizinhos imediatos, deu origem a todo esse caso. Fala-se também de desacordo quanto às condições de travessia do território, ou do controle das rotas de travessia dos Alpes, velho ponto de discórdia no continente, ou ainda de sanções econômicas e de ameaças contra o sistema bancário. Seja dito que o desvio dos rios e a secagem parcial de algumas regiões vizinhas teriam sido considerados em alto escalão potentes ameaças de retaliação, tipo de hipótese teórica sedutora e original, sem que ninguém tenha realmente medido os dados práticos de tal operação. E é preciso inferir das caixas de correspondência diplomática que me foram entregues ontem que as potências limítrofes, incrédulas, ou mesmo irônicas, nunca deram o mínimo crédito a tal cenário, achando-o ora irrealista, o que significa conhecer mal nossa força de convicção e de disciplina, ora contraproducente, já que nunca perderam de vista as conseqüências negativas e até dramáticas para nossa população das planícies. Seria bom que todos aprendessem a se ver de fora, ou seja, a se colocar em sua própria órbita, foi o que eu disse ao capitão. Era o que eu sinceramente pensava, tinha refletido muito sobre isso nos últimos dias, nas últimas noites, perde-se a noção do tempo solar de tanto ficar em ambiente fechado. Ele parece não ter entendido onde eu queria chegar, com a minha estranha idéia; respondeu-me simplesmente, depois de um longo silêncio, e fixando seu olhar em meus olhos, que eu apesar de tudo deveria sair vez ou outra, dar alguns passos na plataforma, para arejar as idéias, respirar um pouco de ar puro.

*

Alguns dias depois do desencadear da operação nas quatro frentes, a retenção dos quatro grandes rios europeus dos quais possuímos as nascentes tornou-se um caso nacional. Todo mundo pôs mãos à obra, excetuados alguns subversivos e sabotadores, e os diques foram prolongados em toda a extensão das fronteiras onde eram necessários, depois disso foi preciso elevar progressivamente a barragem à medida que o nível da água subia, o que se revelava cada vez mais problemático, já que o acesso terrestre era em grande parte impossível, e nosso equipamento em barcos, barcas e demais meios de transporte aquáticos continua sendo modesto, dada a ausência de mar em nossas fronteiras. Os engenhos de navegação turística foram usados para essa tarefa, ainda que sua carga máxima fosse limitada, e as pontes de encaminhamento do material, principalmente o concreto, foram instaladas, mas foi preciso sobretudo recorrer abundantemente aos helicópteros, os do exército, os das empresas privadas, de segurança, requisição geral para um empreendimento exaltante, glorioso, podendo atingir até dez metros, quinze metros de altura. Depois, tivemos de nos confessar vencidos. Não conseguíamos manter o ritmo, o nível geral da água aumentava muito rapidamente, e tivemos de recorrer à ajuda de nossos inimigos, os países limítrofes, Alemanha, França,

Itália, Áustria em menor medida, logo preocupados com o que poderia acontecer com eles caso a muralha de contenção viesse a ceder, ou a transbordar.

*

O capitão tinha razão, o pouco que andei ontem me restaurou o moral e me acalmou. Basta não chegar muito perto do precipício, o que evita qualquer crise de vertigem, mas, depois de alguns instantes, preferi me agachar sob o sol primaveril. Um leve vento me acariciava o rosto, eu ouvia os pesados sinos de algumas vacas que pastavam na encosta oposta da montanha, indiferentes à angústia da nação. Talvez às vezes seja preferível não ter nenhuma percepção nem consciência da História e se deixar levar pela musiquinha dos dias, o verão nos pastos, o inverno no estábulo. E dizer que se pensou, há alguns anos, em se suprimir as subvenções, tão consistentes, à agricultura e à criação de animais nas montanhas. Decididamente, nunca se sabe de que o amanhã será feito, é o que conclui o chefe do Estado Maior em uma de suas recentes mensagens, agora todas cifradas, o que diminui consideravelmente o avanço de meus trabalhos. A próxima negociação acontecerá depois de amanhã, o nível da água continua a subir, em alguns pontos atinge uma altura de vinte e três metros, até onde isso vai nos levar? Um de meus colegas de destino afirma ter visto, e longamente observado, uma família de cabras montanhesas durante seu último passeio, a alguns metros, visivelmente tão surpresas quanto ele por esse encontro face a face. Não tive essa sorte. A menos que se trate de uma invenção. A fantasia parece tender a se desenvolver como reação ao isolamento, àquelas horas opressivas de reclusão com ar-condicionado.

*

Todos os valores da economia que não puderam ser transferidos e os bens móveis do patrimônio cultural e administrativo foram estocados em hangares dependurados bem alto nos cumes de mais difícil acesso, dizem, o que não deixou de suscitar as mais vivas preocupações em meio à população entregue a si mesma. As autoridades também foram para os Alpes, em *bunkers* e centrais de extrema sofisticação, fala-se de verdadeiras cidades cavadas na rocha podendo receber até dez mil pessoas, com uma plataforma sobre amortecedores que permite absorver uma deflagração nuclear, e haveria certo número desse tipo, com capacidade variável, as mais confortáveis estando sem dúvida reservadas aos membros do governo, com a idéia, suponho, de que eles devessem garantir, todos os sete, a perpetuação da Suíça. Mas o que pretendem tão ferozmente preservar nessa concepção geral de sobrevivência fechada? Simplesmente um território, por mínimo que seja, de onde o Estado possa pedir ajuda? Ou, mais gravemente, um espírito suíço? O *homo helveticus?* Quase perguntei ao capitão, que se tornara ao longo dos dias meu interlocutor predileto, se o dispositivo de clausura incluía jovens sadias capazes de reproduzir a espécie em perigo. Mas ele não tem humor suficiente para perguntas tão inusitadas, e se veria obrigado a redigir um relatório negativo a meu respeito.

*

Hábil pretexto ou real inquietude, os países fronteiriços argumentaram a impossibilidade de elevar suficientemente rápido a altura do dique em todo o perímetro a fim de impor a idéia de alguns furos perfurados em alguns pontos da muralha de concreto para permitir um controle do nível, mas nunca se havia pensado, no âmbito do protocolo do acordo assinado naquela etapa das negociações, em instalar usinas hidrelétricas para recuperar a energia assim liberada, e é aí que a porca torce o rabo, porque, por um lado, as aberturas foram colocadas na parte inferior, de construção exclusivamente helvética, antes do socorro estrangeiro, e, por outro, toda essa água nos pertence, assim como o uso que dela pode ser feito. Assim, teria sido preferível, e correto, para sermos claros, pedir-nos uma autorização prévia e nos associar aos benefícios, fosse sob forma de estorno financeiro, fosse em forma de eletricidade retrocedida, e em vez disso agiram todos de comum acordo, pelas nossas costas, e o caso será levado à Corte Internacional de Justiça de Haia. Os elementos de comparação são falhos, assim como toda a jurisprudência, é preciso então fazer uso de certa imaginação, e audácia, ou mesmo de espírito de ofensiva, com a esperança de que nossos delegados saibam se mostrar, em seus préstimos oratórios, à altura das construções jurídicas e das defesas que nós tramamos para eles aqui, no mais absoluto segredo.

*

Pelo cruzamento de informações, e de acordo com as últimas referências obtidas por nossa aviação militar, haveria cerca de trinta usinas construídas em nossas fronteiras, destinadas a explorar nossa água. Mas nem todas possuem a mesma amplitude, nem a mesma potência. Parece que a maior delas está instalada em Lörrach e é resultado de um acordo franco-alemão aprovado pela Comunidade Européia.

*

Foi instalado um acampamento, cerca de duzentos metros abaixo, desde ontem, três grandes barracas montadas entre os pinheiros. Ouvem-se ruídos, vozes, gritos, principalmente à noite, o que deixa exasperado o capitão, cujas previsões táticas nunca haviam integrado um caso desse tipo, seu *bunker* confidencial ameaçado pela proximidade inesperada da população que fugia das planícies, do planalto, obrigada a se refugiar cada vez mais no alto, lá onde se está protegido da água, por enquanto, lá também onde os víveres são mais abundantes, graças principalmente aos camponeses das montanhas. As fogueiras acesas todo dia no fim da tarde inspiram os maiores temores aos nossos superiores, em particular ao capitão, proibido de qualquer reação, a fim de não desvelar nossa posição, nem mesmo nossa existência, mas, se um incêndio acontecesse, as conseqüências poderiam ser catastróficas. E dizer que não fomos autorizados a fumar um único cigarro desde que estamos trancados aqui já há quase três semanas, e que ali embaixo, a pouco mais de uma cuspidela daqui, eles estão acampados sem nenhum cuidado.

*

Só me faltam dois documentos, classificados como "segredo militar", para fechar definitivamente o dossiê, sem muita esperança de conseguir ganho de causa para o meu país, devo confessar. Os argumentos das nações fronteiriças, por mais falaciosos que sejam, envolvem noções como sobrevivência, perigo objetivo de uma catástrofe em caso de ruptura dos diques, necessidade de garantir um controle sobre a pressão, que aliás nós mesmos criamos, e eles não vão deixar de frisar essa responsabilidade inicial, e o estranho efeito de autopunição a que isso só poderia acabar induzindo, nós estávamos mal posicionados para em seguida reivindicar o que quer que fosse sobre uma energia que representa uma pequena contrapartida de um perigo necessitando de enormes investimentos de um lado e de outro, já posso ouvi-los, apoiados pelo conjunto dos países europeus, exceto a Inglaterra talvez, por solidariedade insular. A comunicação de um posto de elaboração estratégica para outro é cada vez mais aleatória, mas o tenente responsável pelas comunicações tem muita esperança de conseguir os documentos antes desta noite, ainda que eu tema encontrar problemas de números, de decodificação, como na semana passada. Os segredos, apesar de tudo, estão bem guardados, e os militares que deviam supostamente nos ajudar nem sempre têm a experiência requerida, estamos penetrando em estratos aos quais eles normalmente nunca devem ter tido acesso. Enquanto isso, mergulhei nos arquivos referentes ao lago de Sihl, cuja criação desencadeara uma incrível polêmica, não tanto por motivos de meio ambiente, aos quais éramos, para dizer a verdade, pouco sensíveis, mas porque o confronto assumia um valor simbólico para o vale de um cantão primitivo, católico, conservador, como o de Schwyz, que se estava sacrificando na proporção de várias aldeias e de terras preciosas, a fim de responder às necessidades energéticas da grande cidade de Zurique, protestante, industrial e radical. A questão então fora colocada em termos surpreendentemente atuais, isto é, saber se a Suíça devia ou não entrar no mundo da modernidade, com suas concentrações de atividades e de população, com sua combustão acelerada e suas dimensões espetaculares, ao preço, quase sempre, da paisagem; ou se deveria, ao contrário, preservar suas tradições, seu ritmo calmo, agrícola, à margem das nações prontas a afundar na loucura do progresso. O capitão, com quem mantivemos uma longa conversa em voz baixa na plataforma, ele estava tomando um ar ao mesmo tempo que eu, disse-me que este país sempre tivera medo do mar, mesmo sabendo que de uma forma ou de outra tinha necessidade dele. Daí a necessidade de uma marinha suíça, e a ambição, no século XIX, de anexar ou de se aliar a um porto, por exemplo Marselha. Lembrei-lhe um lema libertário suíço da época, "arrasemos os Alpes, que veremos o mar", ele quase não conseguiu segurar o riso. É que tudo isso adquire hoje uma nova dimensão. De certo modo, temos, finalmente, o nosso mar. Um mar interno.

*

Nada daquilo teria acontecido, pensando bem, sem os exaltados que, no início do século passado, num impulso lírico logo difundido por todo o país, quiseram interpretar as nascentes dos quatro rios Reno, Ródano, Ticino e Reuss, assim como seus vales que partem em quatro direções opostas formando uma cruz, sim, talvez nada do que está acontecendo hoje teria acontecido se esses exaltados não tivessem querido ler o motivo cruciforme inscrito na rocha como um sinal de eleição divina, alguns chegando até a falar de *homo alpinus*, e sabemos que as idéias, às vezes, são sementes perigosas de perigosas plantas futuras, daninhas, e bem enraizadas nos espíritos patriotas, como se os habitantes de uma região, de uma nação, quisessem incessantemente esquecer sua condição de mortais por meio de ficções vindas da eternidade. Pois um membro do governo não chegou, no final dos anos trinta, a evocar os Alpes como tumba da mãe arcaica em torno da qual a tribo até então errante viria se recolher e jogar âncora, isso a fim de legitimar a outorga de fundos para manutenção e incentivo do patrimônio cultural? Afinal, o fantasma da Suíça talvez faça questão dessas duas tetas, a rocha alpina e as extensões lacustres. Uma malha de cumes montanhosos e de lagos emaranhados. Bem, podemos dizer que nestas últimas semanas fomos até as últimas conseqüências de nosso desejo.

*

O acampamento se ampliou, ouvem-se cada vez mais barulhos e gritos quando saímos para tomar ar. Habituei-me ao vazio, ao precipício, talvez tenha conseguido até mesmo controlar minhas crises de vertigem, mas agora é proibido se aproximar da balaustrada de madeira de pinho grosseiramente serrada, por temerem que sejamos vistos pela população amontoada lá embaixo. Fala-se de duas mil pessoas, instaladas em grandes abrigos cobertos por lonas. E elas têm sorte por não chover, não havendo assim lama, o que não deixa de representar um certo risco, e o capitão não pára de repetir a quem quiser ouvir que a ausência de incêndio até hoje é um verdadeiro milagre, com todo esse populacho, ele empregou esse termo com cara de nojo, sim, esse populacho formigando ao ar livre e acendendo fogueiras para churrascos nojentos, como se não houvesse ninguém para discipliná-los e lembrar-lhes as mais básicas regras de prudência. O pior é que, aparentemente, eles não dispõem de instalações sanitárias, ou talvez queiram restringir seu uso o tanto quanto possível, então se esgueiram por toda parte a fim de fazer suas necessidades, pode-se distingui-los com aquelas bundas brancas para fora, como lebres, um atrás de um rochedo ou de uma pedra solitária, outro contra um tronco, uma raiz, e no fim do dia, com a umidade da noite, o cheiro às vezes se torna terrível. Nossa posição deve imperativamente ser mantida secreta. Mas até quando evitaremos que um civil do acampamento que venha discretamente se aliviar acabe descobrindo a camuflagem de papelão e tela que, por fora, dissimula uma pesada porta de concreto concebida para a defesa imediata? Durante muito tempo, em minha juventude, perguntei-me a que necessidade tática podiam corresponder aqueles elementos de fortificação situados em alturas inatingíveis, sem nada para defender, e eis que hoje, sem qualquer premeditação, eles demonstram sua utilidade, não contra um inimigo vindo de fora, mas contra nossos próprios compatriotas.

*

Na perspectiva das negociações previstas para depois de amanhã em Haia, e para as quais pensaram em me enviar, antes do ministério envolvido recusar que lhe impusessem um corpo estranho, alguém que não fosse de dentro, como dizem, foram feitas algumas pressões diplomáticas, por meio de ameaças pouco veladas, referentes às partes de capital importantes que a Suíça ou algumas de suas empresas e bancos ou consórcios possuem em instalações elétricas da América Latina, e sobretudo no norte da Itália, onde a situação já se complicou, pela privação de nosso aporte tradicional, toda essa energia vinda de nossas instalações das planícies e que nós vendemos durante anos, tornando assim nossos vizinhos dependentes de nossa produção, que se interrompeu bruscamente quando o nível da água subiu. Todo o sistema, apesar de solidamente protegido contra os riscos militares, tornou-se inutilizável de um dia para outro. Havia-se feito de tudo, durante um século, a fim de explorar e rentabilizar a água vinda do alto, da montanha sagrada, a da fonte das neves e das geleiras, e eis que, de um só golpe, aquele esforço se torna reduzido a nada por um maciço refluxo de uma água impedida de ir para outro lugar. O capitão disse isso, de forma muito justa, durante uma reunião esta manhã, tudo isso parece um gol contra, e agora somos obrigados a disputar uma rude partida defensiva justamente por termos partido de forma inconseqüente para o ataque.

*

Meu relatório está encerrado, foi preciso esperar, em seguida, que a impressora estivesse livre, doze páginas, sempre gostei de concisão e de basear a argumentação numa lógica cristalina. Depois de um resumo dos fatos, tentando não torná-los muito comprometedores diante de nossa responsabilidade, diga-se que bastante forte no início, articulei a defesa em quatro pontos principais, que deixarão depois larga margem de manobra aos negociadores, para isso devem conter um mínimo de fantasia e alguns conhecimentos de história e de teoria do direito. Primeiro, nossos vizinhos, e mais amplamente seus aliados, podem ser repreendidos por enriquecimento ilícito em detrimento da Confederação Helvética. Em seguida, trata-se de um evidente ataque a nossa soberania sobre o domínio de nossos recursos naturais, o que poderia nos valer preciosos apoios pelo fato de haver outros conflitos similares no mundo, é preciso sempre contar com o efeito de solidariedade, porque toda causa pode ser portadora de jurisprudência, e a nossa é com toda evidência a mais urgente, não tanto pelo ponto de vista da propriedade da fonte energética, mas pelo da elevação do nível da água e da deterioração que ela implica para o país e sua infra-estrutura. Por outro lado, estamos manifestamente colocados diante de um caso de atentado ao direito das pessoas, uma vez que os habitantes da Suíça e suas autoridades, sobretudo estas últimas, para dizer a verdade, são os organizadores ou os criadores da atual situação, dramática em muitos pontos, e cujo único efeito benéfico, a saber, uma considerável produção de eletricidade, lhes é radicalmente sonegado. Esse ponto de vista é um pouco bizantino, concordo, mas ele pressupõe um resumo das etapas, metódico, que levará a determinar que todas as aberturas foram praticadas na porção inferior dos muros de concreto, de construção suíça, unicamente suíça, o que de qualquer forma é apenas secundário, já que há também um princípio de soberania territorial, estando o conjunto das muralhas situado no interior das linhas de fronteira. Finalmente, e aqui entramos numa perspectiva mais moral, ou mesmo política, o comportamento arrogante e prevaricador de nossos vizinhos revela um desconhecimento absoluto dos princípios de boa-fé e de cooperação internacional que devem existir entre nações civilizadas. Orgulho-me dessa conclusão, e espero que ela tenha o aval dos círculos diplomáticos envolvidos, e que seja bem apresentada, no tom correto, a um só tempo exasperado e enfático, quase indignado, como uma mensagem ao tribunal da História.

*

Há assim mesmo uma certa comicidade no fato de nossa inundação voluntária ser julgada em Haia, justamente nos Países Baixos, que, ao longo dos séculos, nunca cessaram de construir diques, muralhas, mas eles a fim de se protegerem do mar e ganhar territórios cultiváveis, seus famosos pôlderes, enquanto nós teremos feito exatamente o contrário, e temo que isso possa influir negativamente no curso das negociações, ainda que os juízes ou os conciliadores dessa corte de justiça não sejam obrigatoriamente todos holandeses, mas eles vivem lá, dentro daquela consciência das terras ganhas contra a água, contra o sal, e no medo dos maremotos, os terríveis *vloed*. Então, essa história de desvio dos rios fará que eles ou riam às gargalhadas, o que não é necessariamente bom, ou então que se voltem contra um tal absurdo que eles podem sentir como uma insuportável provocação e a negação dos esforços que constituem toda a sua pátria, mesmo que seja de adoção. Poderíamos lhes propor tornarmo-nos países gêmeos.

*

O acampamento se estendeu ainda mais, uma nova barraca foi erguida, a trinta metros apenas da entrada do forte, logo foi preciso derrubar uma balaustrada durante a noite, de modo a não atrair a curiosidade, e agora estamos proibidos de sair. Pena, já tinha tomado gosto por aqueles minutos de ar livre e pelos sonhos quase bucólicos que eles propiciavam. No mais, terminei meu relatório, a missão chegou a seu fim. E li todos os livros da reduzida biblioteca reservada aos oficiais. Mas o plano de evacuação não pode ser efetuado neste momento, estamos confinados até nova ordem, pois os boatos mais loucos parecem circular entre a população aflita, os víveres começam a faltar, suspeita-se que as autoridades civis e militares tenham constituído reservas na rocha escavada, alguns chegam até mesmo a enunciar a existência de túneis de várias dezenas de quilômetros ligando diretamente os diversos pontos estratégicos do maciço alpino suíço, e as palavras de ordem aumentam. Tudo pode acontecer nessas condições, principalmente uma investida. Bastaria que uma das entradas da fortificação fosse descoberta para que explodisse uma rebelião popular. Nós também vivemos em angústia permanente, e o mínimo ruído inusitado logo nos faz sobressaltar. Foi organizada uma ronda de guarda, muito inútil, diga-se de passagem, já que ninguém consegue pregar o olho, e perde-se totalmente a noção do dia, da noite e das horas de tanto ficarmos trancados sem saber o que aguardar ou esperar.

*

A notícia chegou no final da tarde, estamos em 28 de abril, se acreditarmos ao menos na decifração da data, mas tudo isso parece tão incrível que espontaneamente pensamos tratar-se de um erro, ou até de uma brincadeira maldosa, mesmo que não seja esse o gênero de nossas autoridades, nem da Administração, mesmo em tempos normais. Não, não era possível. Eles não iriam fazer isso conosco. E, no entanto, as informações foram minuciosamente verificadas, e as observações aéreas, com fotografias e documentos filmados, vieram a confirmá-las, nossos vizinhos fizeram um acordo entre eles e iniciaram uma vasta obra de uma segunda muralha, a cerca de dez metros da nossa, cuja edificação parece avançar rapidamente, fala-se de uma altura de já quase dez metros em alguns trechos. Nesse ritmo, nossos peritos calcularam que a nova muralha, de aparência mais sólida, mais maciça, ultrapassará a antiga dentro de oito dias, isto é, o tempo exato de transbordamento do nosso país, transformado em vasto lago artificial, se decidíssemos, amanhã, em Haia, fechar as comportas das múltiplas usinas elétricas instaladas em torno de nossas fronteiras. De qualquer forma, o desafio do processo parece amplamente ultrapassado, e fontes originárias dos serviços de informação indicam uma firme vontade, tanto na França, na Alemanha, na Áustria e na Itália quanto nos outros países europeus, de acabar de uma vez por todas com a Suíça, ou antes, com os suíços, e afogá-los definitivamente na água que eles querem tão ferozmente guardar para eles. Os sobreviventes, pois eles existirão em maior número do que se crê, cumprirão enfim o velho sonho do povo eleito entre os rochedos, com a cruz inscrita no granito que terá escapado da imersão. Uma reserva mitológica, que se visitará de canoa ou de helicóptero, uma vez que as querelas tiverem-se acalmado, que a vida tiver retomado seu curso regular, aquele dos rios imutáveis. Enquanto isso, é preciso voltar à tarefa, nossas autoridades não perderam toda a esperança, pedem-me com urgência uma defesa aplicada à nova situação, cujo desafio não é mais econômico nem financeiro, mas refere-se diretamente aos direitos humanos, e ao "crime contra a humanidade", o conceito estava escrito preto no branco na mensagem de orientação enviada pelo chefe do governo. Para isso, disponho de um computador só para mim, já é uma nítida melhoria.

*

Terminamos nossas reservas de água, por mais paradoxal que isso possa parecer na situação atual, e também de comida. Foi tomada a decisão de deixar o forte durante a noite, e de nós, os doze ocupantes, nos fundirmos à população instalada abaixo. São quase quatro mil, segundo nos disseram, não atrairemos muita atenção. O capitão apesar de tudo nos fez jurar um mutismo absoluto sobre nossas atividades das últimas semanas e sobre as instalações que nos abrigaram. Um pouco mais tarde, ele veio conversar um momento para me dizer que havia gostado muito de minha última argumentação, havia lido as seis páginas com entusiasmo, era realmente uma pena que não se tivesse encontrado um meio para expedir o texto a tempo. Ele o trancou no cofre, para as gerações futuras. Para a História, acrescentou ele sorrindo ironicamente. Depois me deu um abraço solene, e em voz baixa, com o mesmo sorriso, disse-me que o que o preocupava mais, de imediato, era não saber nadar.

Migrações

> *Life finally gets tired of living.*
> Jack Kerouac

Ele me havia surpreendido saindo do banheiro, onde eu passara muito tempo secando os cabelos, para aquela circunstância. Heliantos de mais de um metro de comprimento, com largas florescências de um amarelo manchado de laranja, como o sol, para pôr um pouco de alegria no cinzento dia de fim de outono, e naqueles por vir, apesar de tudo. Ele os levava afastados do corpo, por medo de molhar o paletó ou as calças com os caules úmidos, sempre aquela preocupação com a elegância, principalmente nas viagens. O avião partia dentro de três horas. Seus últimos francos suíços haviam desaparecido na braçada dos doze soberbos girassóis, um para cada mês, os anos, a gente veria depois. Ele ainda tivera o cuidado de arrumá-los num vaso, um vaso dos grandes, que colocara no pequeno terraço da sala. Seu rosto mal escondia a tristeza, com um pequeno tremor nas faces e sob os olhos, pequeno, mas perceptível. Ele estava triste, dividido. Nós dois estávamos. Mas ele pensava na alegria. Naquilo que devia ficar da beleza, do ardor, depois de sua partida. E havia os pássaros. Eu os amava, não? Preocupava-me com a subsistência deles, sempre temerosa das noites de geada ou de neve que os deixariam sem recursos, até meu despertar tardio. Bem, eles teriam provimentos, gordura em abundância, afinal, tira-se óleo dos girassóis, e ele acariciara as florescências delicadamente, com a ponta dos dedos.

Depois, o amarelo-vivo virou marrom-escuro, quase preto, a corola murchou e as flores secaram, apesar da umidade, sem que os pássaros tivessem vindo bicar ali, aliás, as bolotas de banha pregadas na base do guarda-sol lhes bastavam, ou as que estavam suspensas na barra do toldo, e o buquê, agora mirrado, curvado sob a lembrança de seu peso esvaído, ficou ali, apoiado na treliça de madeira natural que servia de separação entre os terraços, durante dois meses. Talvez mais. Eu nunca fui boa para avaliar o tempo que passa. Onze semanas na verdade. Exatamente onze semanas. Até este último 18 de dezembro, quando a senhora Mercier tocou a campainha com um gesto enérgico, insistindo vários segundos com aquele retinir estridente com o qual em dois anos eu nunca me acostumaria, assustando-me a cada vez. Era uma tarde ensolarada de sábado, quase suave, Jean tinha vindo me ver, preocupado com a idéia de eu passar sozinha o réveillon, queria a todo custo me levar para passá-lo com sua família, bebíamos um pouco de vinho, na sala, conversando e ouvindo música, muito alta para o gosto daquela senhora que esticava o pescoço para eliminar as rugas embutidas no colarinho, mas ela nada disse a esse respeito. Tratava-se das flores. Aquelas flores secas, estragadas havia tanto tempo, e que ficavam ali no meu jardim, eu podia muito bem imaginar que alguns moradores do prédio já tinham reclamado para ela, e alguns outros dos prédios vizinhos também, aquilo era uma mancha entre as pequenas árvores de Natal que os outros proprietários ou inquilinos do térreo haviam enfeitado com tanto empenho, ela compreendia, é claro, que eu não fizesse como eles, já que eu estava sozinha para as festas, mas era preciso respeitar a harmonia do edifício. E a ordem. Ela podia me mostrar onde jogar meus girassóis, a coleta de entulho aconteceria exatamente dentro de dois dias, terceira segunda-feira do mês, mas, lembre-se, o caminhão passa cedo de manhã, eu deveria me levantar mais cedo que de costume. Senão, eu teria que tratar de cortar aqueles grossos caules, para colocá-los nos sacos de lixo convencionais. Assim, eu poderia dormir à vontade. E ela se foi, sem na verdade dizer até logo, com seu passo autoritário, batendo com segurança os saltos de seus chinelos, apertada num vestido de náilon malvo.

*

O lago, ao longe, perde-se numa neblina que não se dissipa há quinze dias, como acontece muito na região, em fevereiro. Parece que o tempo está bom nas montanhas. Os vizinhos de cima estiveram lá, fazendo um piquenique no último domingo, e contaram na volta. Quando fico na sala, sem música, capto alguns resquícios de conversa das pessoas que se cruzam no saguão do prédio, diante das caixas de correspondência. O isolamento é ruim. Chegou a fazer calor nas montanhas, e eles puderam até tirar os pulôveres durante a refeição. Prefiro a tranqüilidade acolchoada das brumas, principalmente através das janelas dos quartos que dão para o pátio da escola calma e deserta, é época de férias. Thomas chega na semana que vem, o calendário francês é defasado em relação ao nosso. Ele me disse no telefone que estava contente em vir.

*

O balé se reinicia, a cada manhã, chapins de cabeça azul, pintarroxos, pintassilgos, cardeais, azulões, pardais, verdilhões, melros também, cujo canto, ao alvorecer, me diz que o sono está chegando, algumas horas de apaziguamento no quarto escurecido pelas grossas cortinas que puxo, num último gesto, enquanto eles começam todos a se debater, lá fora, revoando de uma bolota de ração para outra, perseguindo-se, exotando-se, contei uns trinta ontem à tarde, saltando na neve, transformando o pequeno terraço num viveiro sem grades nem tela. O inconveniente é ter que renovar as bolas de ração e de banha todos os dias, em número de quatro ou cinco, a fim de sustentar todo esse mundinho alado e fiel. Pobres pássaros, com quem ninguém por aqui parece se preocupar. Sou a única a lhes dar um pouco de alimento, para ajudá-los a atravessar a friagem, e para agradecer-lhes pela companhia, por seu canto. A zeladora achou que isso causava um pouco de desordem, mas enfim, enquanto nenhum inquilino reclamasse de todos aqueles piados, ela não tinha nada contra, cada um se ocupa como pode, no fim, isso deve custar caro para você, alimentá-los assim. Sempre é um prejuízo manter alguém inútil. Ela sorriu com desdém.

*

O vazio dos cômodos, o vazio das horas, naquele apartamento grande demais desde uma partida que nada vem preencher, nem ninguém. Nem mesmo Thomas, seu queridinho. E menos ainda Jean, no entanto tão gentil, e dedicado, atencioso. Fui eu quem quis essa solidão, recusando ao ausente, impossível agora pronunciar seu nome, sim, recusando-lhe os meios para prorrogar seu visto. De qualquer forma, ele teria partido, cedo ou tarde. Era estrangeiro demais para este país. Ou mal estrangeiro. Do jeito errado. Orgulhoso demais, elegante demais. Muito visível. Eu, apesar de tudo, sou tolerada. Provavelmente porque sou discreta. E depois, com uma mulher é diferente.

*

Jean passou no fim da tarde, e fez questão que fôssemos jantar fora, faria bem para mim, sair um pouco, eu não podia passar meus dias e minhas noites naquele apartamento vazio, a ouvir música ou dormir. Fomos a uma *guinguette*, um bar à beira do lago, um lugar de onde eu guardava uma lembrança agradável desde o último verão. Tinha almoçado ali algumas vezes, sozinha ou namorando. Mas não havia ninguém ali, nenhum outro cliente, nossas vozes ecoavam, tinha a impressão de que o garçom escutava toda a nossa conversa, e sinto que Jean tem muitas esperanças. Muitas esperanças por ele, por mim.

*

Está nevando há mais de uma hora, mas já anunciaram uma melhora do tempo para o fim de semana, uma suavidade quase primaveril, Thomas vai ficar contente, ele detesta o frio. De qualquer modo, os flocos se derretem antes de tocar o asfalto rugoso da quadra de esportes, ou sobre a areia do retângulo reservado aos equipamentos de ginástica, barra fixa, barras paralelas, argolas, e as barras verticais, das quais uma parte pode ficar inclinada, e as crianças se esforçam para escalá-las o mais rápido possível, agarrando-se com as mãos e apertando os pés, lutando contra o cronômetro do professor com apito na boca, qual é o desejo que pode levar alguém a ser professor de educação física? Há três dias as barras estão abandonadas à sua solidão rígida, reta, quase elegante na cor cinza. Observei que se viam as mesmas barras em todos os pátios de escola. Deve ser uma atividade nacional. Provavelmente para se familiarizar com as encostas montanhosas. Felizmente, nós estamos na planície. O horizonte só se fecha com a freqüente neblina, apesar de tudo menos sufocante que as massas rochosas.

*

O eixo do toldo da sala está bloqueado, impossível erguer as lâminas só um pouco separadas entre si pela meia-volta de manivela ainda permitida, uma fraca luminosidade as atravessa, indo se desbotar lá no teto. O técnico só pode vir amanhã de manhã, passei o dia tranqüilamente refestelada no divã, na penumbra, ouvindo o mesmo disco, cuja repetição eu programara, Lou Reed, gosto de sua voz de veludo anasalada. Já deve ser noite, agora. Felizmente, tudo estará consertado quando Thomas tiver chegado, depois de amanhã na hora do almoço.

Mesmo assim, saí, lá pelo meio-dia, para repor as redinhas vazias por novas bolotas bem cheias de grãos e de banha, para isso eu tive que me esgueirar entre a fachada e a sebe, empurrando um pouco os ramos dos arbustos. A zeladora logo apareceu para me chamar a atenção, ela estava à espreita em seu pequeno apartamento, e veio ao meu encontro, diante da entrada do prédio. Respondi que a sebe me pertencia, que ela delimitava e protegia meu terraço dos intrusos ou dos curiosos, e que eu podia tratá-la como bem quisesse. Ah, não. Não era exclusivamente minha, a sebe estava também sob a responsabilidade do condomínio. Mais uma vez, era preciso respeitar a harmonia do imóvel. Estava no regulamento.

*

A vizinha do terceiro andar e a zeladora trocaram algumas palavras com uma voz desconhecida de homem, falavam alto, mais alto que de costume, e se queixavam dos estrangeiros, tão numerosos atualmente, eles acreditam que podem fazer tudo o que querem, sem que ninguém ouse dizer nada, porque logo se é taxado de xenófobo ou de racista pelas almas caridosas. Supus que falavam contra o centro de acolhida para imigrantes, instalado num antigo prédio da cidade, transformado para essa circunstância, virou obsessão para eles, aqueles negros e aqueles asiáticos que ocupam suas ruas, seus cafés, eles nunca se habituarão, e os eslavos, é pior ainda, à primeira vista não se pode distingui-los. O técnico tocou pouco depois, e mal me cumprimentou, resmungando um vago bom-dia inaudível para não mais me dirigir a palavra em seguida. A fatura seria enviada pela firma. Era um ninho de cabeças-azuis que estava bloqueando o mecanismo de enrolamento. Quando abri a porta corrediça e saí no terraço, por volta de meio-dia, para repor a ração de meus companheirinhos, o sol brilhava, apesar do frio, e uma brisa soprou. Reparei em uma ou duas bolas de ração em alguns terraços, ostensivamente suspensas no parapeito. Será que os vizinhos também tinham passado a gostar de pássaros?

*

A reunião dos condôminos do prédio, para a qual eu havia sido expressamente convidada, de forma que houvesse o maior número de signatários possível, foi de um tal absurdo que eu inventei o pretexto de um telefonema importante para poder me retirar antes do fim e escapar daquela ridícula combinação. No fundo, o verdadeiro motivo de oposição à grande cortina de pinheiros que os moradores do prédio em frente querem plantar ao longo da demarcação entre as duas parcelas tem sua origem no fato de que assim não se poderá mais ver o que acontece nos apartamentos. Isso não foi nem confessado, nem a meia-voz, acabou sendo dito, com seriedade, sem nenhuma vergonha, diante do mediador. Não estariam mais em condições de observar, de vigiar. De bisbilhotar, provavelmente. Ou de denunciar, caso necessário. As considerações sobre a sombra projetada, principalmente no inverno quando o sol fica mais baixo, ou sobre as grossas raízes que poderiam deformar o gramado ou o lajeado, eram apenas falsos pretextos, mais ou menos hábeis, para mascarar o outro desejo mais agudo e irreprimível de saber o que os outros fazem ali em frente. Já é bem desanimador que todos baixem as persianas, de noitinha, para economizar aquecimento, ou para se proteger da noite, mas se não se puder ver mais nada durante o dia, de que adianta ter vizinhos?

*

Saindo do estacionamento subterrâneo da estação ferroviária de Lausanne, tomei a direção da auto-estrada de Genebra, mas a certa altura errei de pista, deveria tomar outra direção, era impossível mudar porque os carros que vinham da direita não me davam passagem, não me perdoavam, e os que vinham atrás de mim logo manifestaram sua impaciência, primeiro piscando os faróis, depois buzinando agressivamente. Fiquei nervosa, Thomas também, ele não compreendia a situação, cansado da longa viagem de trem, e quando eu quis forçar a entrada diante de um carro que vinha um pouco mais devagar, pelo menos era minha impressão, quase acontece um acidente, as duas carrocerias quase se esbarraram, tive que frear bruscamente, e o motorista, sem nem mesmo me olhar, continuou avançando no que era seu pleno direito, sério, convencido. Tive então que seguir na pista errada até o fim, teria sido muito complicado voltar de ré para reencontrar a pista de acesso, seguimos pela estrada do lago, mais bonita, foi o que eu disse a Thomas, para tranqüilizá-lo, mesmo que uma grossa neblina nos impedisse de ver a paisagem. Ele ficou com medo, coitadinho. Talvez ele pense que eu não sei dirigir, que sou uma irresponsável. Ou inadaptada.

*

As barras verticais, inflexíveis e graciosas, desenham-se pouco a pouco no alvorecer, a garrafa de Pomerol está vazia, sem embriaguês, diluída no tempo da longa noite. Thomas se levantou, por volta da uma da manhã, e me pediu para diminuir o volume da música. Ele não conseguia dormir. Mas não é tão apaziguador, a melodia não envolve as fantasias quando é ouvida em volume moderado. Talvez eu nunca tenha suportado a moderação. Contente-se com isso, com aquilo. Não. Ele vai me julgar, ainda mais porque se é verdade que uma certa cumplicidade pode se estabelecer em nossos gostos musicais, o mesmo não acontece em matéria de cinema, e não tenho certeza de poder aceitar por muito tempo os filmes violentos do gênero daquele que ele me impôs ontem à noite. Até que ponto deve-se amar um filho? E se ele se tornar um estrangeiro?

*

A vizinha da esquerda instalou uma pia de pedra em seu terraço, como uma pequena banheira, e as bolotas de ração se multiplicaram em todas as sacadas do prédio, quase não havia pássaros quando eu saí para renovar os provimentos, no final da manhã. O conteúdo das redinhas amarelas de plástico mal tinha sido mordiscado. Só um melro veio, várias vezes, bicar, agarrando-se ali firmemente. Por fidelidade, por hábito.

*

Não atendo ao telefone para evitar Jean, cuja atenção se tornou bruscamente insistente, e a quem não consigo, todavia, comunicar minha indiferença. Há sempre um momento em que os homens se tornam predadores, não importa com que forma e delicadeza façam isso. Thomas não entende bem minha insistência em deixar o telefone tocar até que a secretária eletrônica entre em ação. O vizinho da escada B, do primeiro andar, o único que me tem ainda sorrido nestes últimos tempos, deixou uma mensagem dizendo estar admirado por eu não ter assinado a petição contra a cortina de árvores. Acrescentou que seria melhor eu não me isolar desse jeito, e sim marcar minha solidariedade com os moradores do prédio. Não consegui saber se aquilo era uma ameaça velada ou um conselho bem-intencionado, isto é, alguma forma de piedade, o que não é necessariamente melhor.

*

Nenhum pássaro hoje. Nem mesmo o melro. As mesmas bolotas de ração, intactas há três dias. Mesmo assim preciso comprar mais, a gaveta de reserva está vazia. No telejornal, falaram de uma manifestação, mas aparentemente com fileiras esparsas de participantes, não sei onde, em Genebra ou em Berna, contra o envio de refugiados políticos para seus países de origem apenas porque as autoridades consideraram que a situação desses países não é mais suficientemente ameaçadora para que se justifique sua acolhida aqui.

*

Thomas comentou, num tom aparentemente desligado, que eu bebia vinho demais, não é bom para mim, assim como todos esses cigarros que empesteiam o apartamento, já tem bastante nevoeiro lá fora, acrescentou meio irritado. Quando eu saí, no final da tarde, para jogar as garrafas vazias dos últimos dias no contêiner instalado para isso na praça da estação, um buraco para vidro escuro, outro para vidro transparente, cuidadosamente coloquei um pano por cima das garrafas, pois temia encontrar o marido da zeladora. No mês passado, ele me interpelou dizendo que havia bons vinhos na região, excelentes até, e que eu não tinha motivo para comprar sempre vinhos franceses, não é verdade que eles sejam melhores que o nosso, principalmente os vinhos brancos, e me citou uma ou duas marcas, franzindo a boca para baixo e balançando a cabeça, depois a senhora vai me dizer o que achou. Eu só tomo vinho tinto. Pomerol.

*

Um ou dois melros apesar de tudo acabaram terminando as bolotas de ração desdenhadas nos últimos dias. Observei-os através das frestas da persiana, que não quis erguer hoje, pois queria ficar tranqüila. Thomas saiu a tarde inteira, para patinar na beira do lago, queria aproveitar o tempo bom e fugir de mim, talvez. Fez um ou dois amigos. Também percebi, através da persiana do quarto, a zeladora e o presidente da associação dos inquilinos e proprietários que, munidos de uma trena, iam verificar os gabaritos marcados nos hangares para bicicletas que vão ser construídos pelo grupo escolar e que foram fincados esta manhã.

Irei fazer compras amanhã, a geladeira está quase vazia. Thomas possui um apetite com o qual eu não estava acostumada, ele está crescendo, é verdade que logo será um adulto, como seu pai não cansa de me repetir em suas raras cartas inúteis. Ele fez questão que eu comprasse fones de ouvido, para eu ouvir meus discos com toda tranqüilidade durante a noite sem impedi-lo de dormir e sem me privar do volume alto, já que eu também faço questão disso, mas não agüento muito a pressão dos fones nas têmporas, e menos ainda o fio ligado ao aparelho, mesmo com mais de dois metros de comprimento. Deveria ter escolhido um modelo sem fio, ainda que custasse bem mais caro. E além disso, não gosto desses limites ao prazer da música. No mesmo instante me recusei a ouvir a mínima música e me retirei para o quarto para ler, deixando Thomas sozinho diante da televisão e seus filmes ruins. Dormirei cedo.

*

No pequeno supermercado da esquina, onde faço geralmente minhas compras, não havia mais bolotas de ração nas prateleiras, nem nenhum outro tipo de ração para pássaros. O vendedor para quem perguntei se ele não encontraria algumas nos depósitos da loja, respondeu que infelizmente o estoque terminara, e quando eu quis saber em quantos dias haveria reposição da mercadoria, ele pareceu incomodado, e percebi que ele preferia se contentar com sua primeira reação, um dar de ombros, evasivo. Depois ele deixou escapar, com uma careta, franzindo a testa, que de qualquer forma a nova remessa já estava reservada. Sim, toda reservada.

*

As quatro fatias de *foie gras* fresco não atraíram muitos apreciadores, somente dois ou três pintarroxos as atacaram, desajeitados e surpresos, sem realmente insistir, mal haviam perfurado as finas porções endurecidas pela geada. Os pássaros de hoje estão acostumados com ração especialmente a eles destinada, e que agora se encontra nos outros terraços e sacadas em abundância indecente. Temo que eles tenham considerado minhas oferendas como restos de um jantar, já que é assim que se chama por aqui a refeição de meio-dia. Pior para eles. Recuperei as duas fatias intactas, para o verdadeiro jantar, nosso jantar, de Thomas e meu, francês, com vinho francês.

*

No final da tarde, não resisti e cedi à tentação de sair no terraço e gritar a eles, bem alto, duas vezes, que os pássaros também eram estrangeiros. Exatamente. Imigrantes. Ninguém ousou vir abertamente à janela, apenas vi se mexerem umas duas cortinas, ou vidraças, proteção diurna, antes do fechamento vesperal. Bando de gente friorenta.

*

Sete horas da manhã. Sempre as mesmas barras verticais que se desenham na aurora e nas quais poderíamos nos enforcar. Depois, o prédio da escola que se destaca lentamente da noite. Não vou demorar para ir dormir. É a semana da volta às aulas, Thomas ainda tem uma semana, suas férias começaram mais tarde. O vinho branco regional que comprei era de fato muito bom, ainda que tivesse me dado dor de cabeça, mas, mesmo assim, quebrei a garrafa e soquei cuidadosamente o vidro que, em seguida, coloquei num saco plástico, não querendo dar ao marido da zeladora, o pequeno Mercier, a satisfação de ter seguido seu conselho.

*

Ao despertar, encontrei um recado anônimo na secretária, a voz não era identificável, provavelmente a pessoa havia tomado a precaução de cobrir o fone com um pano. Informavam-me que os pássaros mais apreciados no país não eram nem estrangeiros nem imigrantes, mas sazonais. Eles sabiam se retirar, esses pássaros.

*

Thomas queria voltar à beira do lago para andar com seus patins de rodinha e me deixou com minha música e com meus cigarros, preparei um chá, para acordar e passar o tempo, mas ele voltou logo, uma hora depois, com o pretexto de estar com frio, quando aquela era a primeira manhã realmente primaveril, adiantada na estação. Ele não quis dizer mais nada. Baixei o volume.

*

Depois do jantar, propus a Thomas assistir a um vídeo, já que na televisão não tinha nada que fosse de seu gosto, mas ele me respondeu meio agressivo que já havia visto todos eles, pelo menos os de que ele gostava, alguns até duas ou três vezes. É chato ficar aqui, disse ele depois de alguns instantes. Bem que eu tinha uma idéia sobre um modo de podermos nos divertir, mas sem saber se ele gostaria...

*

Logo que começou a clarear o dia, não resisti em fazer barulho para que Thomas acordasse, apesar da brevidade de sua noite, para que contemplasse o resultado, todos aqueles pássaros voando num incessante balé em torno das barras verticais para virem se agarrar às bolotas de ração e bicá-las rapidamente, como podiam. Isso parece alegrá-los. Eu nunca tinha sentido um ambiente tão festivo como aquele, como aquela sarabanda pela manhã que mal começara. Deviam ser ao menos uma centena revoando pelo pátio da escola, as crianças vão ficar surpresas, às dez horas, no recreio. Só espero que seus gritos não assustem os temerosos seres alados, e que o espetáculo se prolongue por todo o dia. Somente os melros não se aventuram até a ração suspensa no alto das barras, um ou dois tentaram se agarrar à redinha de plástico, mas por causa de seu peso, a cordinha deslizava no metal, logo eles ficaram com medo e foram embora. Felizmente, Thomas teve a idéia de pendurar duas bolotas nas argolas, assim os pequeninos cantores podem pousar ali e se refestelar à vontade.

Era uma maravilha vê-lo escalar as sacadas, e escorregar de uma para outra, a fim de apanhar o butim, depois ele trepou em cada uma das barras, dominando perfeitamente o exercício, para fixar nelas os provimentos necessários. Sua única dificuldade era reprimir o acesso de riso que teve quando quase derrubou um vaso cheio de nêvedados-gatos, meio desequilibrado no parapeito da sacada que fica bem em cima do terraço. Mas agora ele não ri mais. Mal deu uma olhada pela janela, ainda estava com sono, e toda essa história não parece mais diverti-lo. Ele apenas me disse, antes de fechar a porta de seu quarto já no escuro, você vai mesmo ter problemas com seus vizinhos. Afinal, os pássaros ficam bem melhor no pátio da escola.

*

Já está tudo arrumado, são poucas coisas, duas malas, enchi duas sacolas com as mudas de roupas, e o resto será posto num guarda-móveis, embora eu preferisse me desfazer de tudo o que me liga ao passado, à família, às heranças, são amarras que não correspondem mais a território nenhum. Jean se encarregará de alugar. Ou ele mesmo virá morar aqui. Ele gosta deste apartamento. Talvez não seja uma boa solução para ele. O telefone não parou de tocar, desde as oito horas da manhã, e eu logo desliguei a secretária, já que não estava esperando nenhum recado que interessasse, e acabei por desligar também o telefone da tomada.

*

Ao cair da noite, fomos ao estacionamento sem encontrar ninguém, as persianas dos apartamentos já estavam quase todas baixadas. Enchi o tanque, pedi para verificarem o nível do óleo e também o líquido dos limpadores de pára-brisa. Só haveria, afinal de contas, quatro ou cinco horas de trajeto, com auto-estrada em sua maior parte. Mas Thomas logo começou a se sentir mal, eu dirigia de modo muito nervoso, ele preferia voltar de trem. O das 7h30. Ele sabia de cor os horários dos trens. De qualquer forma, não tinha mais quarto para mim, em casa. Era a jovem *au pair* que ocupava o local agora. Ela é simpática, e eles gostam dos mesmos filmes. Nos veremos nas próximas férias.

*

Uma vez comprada a passagem, Thomas ainda quis um *Chicken Burguer* do McDonald's situado em frente à estação, eu preferiria que ele se alimentasse melhor, na cafeteria, por exemplo, mas ele insistiu. Na hora de subir ao trem, ele me beijou rapidamente, e tomou minha mão na sua, dizendo-me, bem que eu gostava do seu apartamento, é pena. Ele já chegou à idade da hipocrisia, sem ter chegado à idade de ser atencioso e delicado.

Desci então até o lago, depois segui pela estrada do litoral até o fim da cidade, na tinta negra da noite. Parei num caminho vicinal. E caminhei um pouco. Mas logo veio outro carro, surgido de não sei onde, e eu estava impedindo sua passagem. O condutor, um homem de seus cinqüenta anos, grisalho, com forte sotaque regional, e vestido com um grosso paletó cáqui, disse-me que eu não devia ficar ali, que podia ser perigoso para uma mulher sozinha, e quando manobrei para liberar sua passagem, ele resmungou mais uma vez, para que eu tomasse cuidado, que aqui não se gostava muito de vagabundos.

Não há mais ninguém nas estradas a essa hora. Gostaria de apagar os faróis que me cegam, rodar pela sombra espessa do campo. Com o rádio a todo volume. As andorinhas logo vão chegar, a nova estação chegará cedo, anunciam no jornal da meia-noite. Alegro-me ao rever suas longas caudas cruzadas, seus grandes bicos triangulares achatados na ponta. E seu vôo cadenciado, imprevisível. Li num dicionário que em certas regiões chamam de andorinhas aos camponeses que vêm trabalhar nas cidades e depois voltam para sua terra.

> *Enfim, minha alma explode e sabiamente ela grita para mim: "Em qualquer lugar! Em qualquer lugar! desde que seja fora deste mundo!"*
>
> Charles Baudelaire

ESTE LIVRO FOI COMPOSTO EM GATINEAU
CORPO 11 POR 15,5 E IMPRESSO SOBRE PAPEL
CHAMOIS DUNAS 90 g/m² NAS OFICINAS DA
BARTIRA GRÁFICA, EM SÃO BERNARDO DO
CAMPO-SP, EM DEZEMBRO DE 2002